Éric Pessan

Tenir debout dans la nuit

l'école des loisirs
11, rue de Sèvres, Paris 6e

© 2020, l'école des loisirs, Paris, pour la première édition
Loi n° 49.956 du 16 juillet 1949 sur les publications
destinées à la jeunesse : mars 2020
Dépôt légal : mars 2020
Imprimé en France par Gibert Clarey Imprimeurs
Chambray-lès-Tours (37)

ISBN 978-2-211-30766-6

If I can make it there
I'll make it anywhere
New York
It's up to you
New York

Cat Power, *New York*

You say I'm too dumb to see
They judge me like a picture book
By the colors, like they forgot to read

Lana Del Rey, *Brooklyn Baby*

He's going to end up, on the dirty boulevard
he's going out, to the dirty boulevard
He's going down, to the dirty boulevard

Lou Reed, *Dirty Boulevard*

Au début, au tout début, une fois la surprise et la douleur passées, c'est la colère qui m'a fait tenir debout. J'avais beau avoir peur, être perdue, blessée, terriblement honteuse, paniquée, la colère l'a emporté sur les autres sentiments : une colère brute et puissante, énorme et rouge vif, une colère dirigée contre Piotr, bien sûr, mais aussi contre moi, pauvre cloche, qui me suis fourrée toute seule dans un piège terrible ; une colère contre le monde entier où, à de rares exceptions près, il vaut mieux être un homme qu'une femme, où une fille ne sera jamais écoutée comme un garçon est entendu, où une femme est une proie et un homme, un prédateur, où l'on invente mille démonstrations, mille excuses, mille causes, mille malédictions, mille prétextes, mille justifications, mille arguments, mille versets, mille sourates, mille décrets, mille lois, mille raisons médicales, mille raisons physiologiques, mille mensonges pour soumettre les femmes au bon vouloir des hommes, où l'on invente de toutes pièces que les femmes sont plus faibles que les hommes, qu'elles doivent être soumises, dociles, obéissantes, dominées et commandées par des hommes.

J'étais en colère et je n'ai pas pu hurler, pas pu crier, pas pu cogner, ni griffer, insulter, me battre.

J'ai fui, je me suis contentée de fuir parce que dans ma colère j'ai réalisé que je m'étais conduite en fille, que je m'étais laissé faire jusqu'au moment où j'avais enfin pu crier STOP.

C'est moi que j'avais envie de gifler, bien plus que Piotr. Même s'il méritait une bonne baffe.

Et un coup de pied entre les jambes.

J'ai fui, donc.

Et je suis perdue, en plein Brooklyn, New York City, États-Unis. Sans téléphone, sans un dollar en poche, sans passeport, comprenant un mot d'anglais sur deux.

Qu'est-ce que je peux dire aux gens? *Bonjour, je suis française, je m'appelle Lalie, je parle en français parce que je suis nulle en anglais, et je suis une pauvre cloche aveuglée par la colère parce que j'étais trop certaine qu'une sale histoire comme celle-ci ne pourrait jamais m'arriver.*

Il est à peine 19 heures, le soleil va se coucher, en fuyant je n'ai emporté que ma colère avec moi, et la nuit va être très très longue.

Dans un monde idéal, cela ne devrait pas être compliqué de crier STOP.

Non, je déraille, je m'embrouille.

Dans un monde idéal, personne ne devrait avoir à crier STOP parce que les gens seraient à l'écoute les uns des autres, parce que les gens se respecteraient et comprendraient qu'il existe des limites à ne pas franchir, des lignes rouges.

Pauvre fille, ça existe, un monde idéal?

Je me jure que plus jamais je ne pleurerai lorsqu'un garçon me frappera. Je fouille les poches de ma veste pour confirmer ce que je sais déjà : je n'ai pas mon téléphone, Piotr l'a caché. Pas d'argent ni de carte bancaire, Piotr a également confisqué mon portefeuille. Pas de papiers d'identité. L'inventaire est rapide : dans la poche droite, j'ai mon petit appareil photo compact ; dans la gauche, le recueil de poésies en anglais de Raymond Carver que j'avais emporté pour le lire dans l'avion ; et − miracle −, dans la poche intérieure, je déniche le passe illimité de métro acheté ce midi.

La mère de Piotr ne rentrera que demain matin, j'ai une longue nuit devant moi, sans savoir où aller, et New York tout entier à portée de main.

J'essuie mes yeux, j'ai également un paquet de mouchoirs en papier. Dans la précipitation de la fuite, je n'ai pas eu le temps de nouer mes lacets, je prends la peine de faire des nœuds serrés.

Sans plan ni repères, je pars dans ce que je crois être la direction du métro. Il roule toute la nuit ici, au pire je peux m'y réfugier.

Et encore, je me fais cette promesse : plus jamais un garçon ne me fera pleurer.

Partout, immense et électrique, vif et agité, New York s'étend autour de moi. Dans les semaines qui ont précédé mon départ, j'ai si souvent examiné la carte de la ville, ses cinq quartiers, le plan de Brooklyn où je savais que je dormirais.

Passe une ambulance, toutes sirènes hurlantes, au coin de la rue, et je connais cette sirène pour l'avoir si souvent entendue à la télévision, en regardant une série ou un film.

Devant la vitrine de l'épicerie latina ouverte sept jours sur sept, trois jeunes Noirs ne relèvent pas les yeux de leurs téléphones.

Un distributeur ATM permet de retirer des dollars pour qui a encore une carte bancaire dans sa poche.

J'ai si souvent rêvé à ce voyage.

Les rues se coupent à angle droit et quelques arbres ponctuent l'avancée des trottoirs.

La ville pulse comme un cœur, et je n'ai aucune idée de l'endroit où aller.

La peur forme comme une sorte de croûte entre la ville et moi, une pellicule poisseuse ; c'est comme si j'étais restée coincée quelque part à l'intérieur de la peur. Elle m'isole. Je sursaute lorsque passe un bus, je sursaute quand un enfant crie. J'ai l'impression d'être encore prisonnière, une partie de moi n'est pas parvenue à fuir l'appartement. Je revois mes mains, si faibles, mes doigts n'arrivant pas à tourner une clé dans une serrure. Il s'en est fallu de si peu que je renonce, que j'échoue.

Pourquoi la peur m'a-t-elle rendue si faible ?

Il fait frais, je referme ma veste, glisse mes mains dans les poches. J'ai peur que Piotr ne se lance à ma poursuite, je dois aller quelque part, me mettre à l'abri, je dois trouver un endroit pour réfléchir. Je crains de me perdre, je n'ai jamais mis les pieds dans une ville aussi grande. Cet après-midi, nous avons marché dans le quartier, je crois pouvoir me repérer. Si j'avance une vingtaine de minutes dans la bonne direction, j'arriverai à proximité d'un métro aérien, là où les lignes J et Z relient Brooklyn à la pointe de Manhattan. J'ai retenu le nom des lignes à cause du rappeur, je ne sais pas si son pseudonyme a un lien, je ne suis même pas certaine qu'il soit originaire de la côte Est. Je marche, j'avance, je refoule mes larmes comme ma colère, les unes comme l'autre m'encombrent et m'empêchent de me concentrer. Je ne suis pas sûre de suivre le bon chemin. Il faudrait que j'ose parler, que j'ose demander ma route ; une boule d'angoisse me serre la gorge, j'ai peur de m'effondrer si je tente de prononcer deux mots en anglais.

Vue sur une carte, la ville de New York semble d'une simplicité élémentaire : des voies qui se coupent à angle droit, des îles reliées entre elles par des ponts, mais quand on marche en se retenant de courir on réalise que sa forme est celle d'un labyrinthe gigantesque, avec des centaines de kilomètres de rues qui croisent des centaines de kilomètres d'avenues, des épiceries aux angles qui toutes se ressemblent, partout des maisons identiques séparées de la rue par une grille et un jardin large d'un mètre et demi où s'empile tout ce qui n'a pas trouvé place à l'intérieur. À vingt mètres de moi, il me semble reconnaître la boutique d'un vendeur de bagels, mais je ne suis plus sûre de rien : des boutiques de vendeurs de bagels, il y en a certainement plus que je ne pourrais en compter dans cette mégapole nébuleuse. J'avance, au moins ça me réchauffe, ça me défoule aussi, je dois occuper ma colère. Je m'assoirai dans le métro, si jamais je le trouve. Il faut une bonne demi-heure pour rejoindre Manhattan, j'ai déjà fait le trajet, j'aurai le temps de penser. De prendre une décision.

J'avance, je respire à petites bouffées, comme lorsque je fais mon jogging : deux inspirations par le nez, deux expirations entre les lèvres. Il faut que je tienne le choc, il faut que je prenne une décision. Passe dans la rue un improbable et gigantesque camion, comme dans les films : un truck avec le drapeau américain peint sur la cabine surmontée de deux pots d'échappement chromés. Partout, où que je regarde, le décor se charge de me rappeler que je suis à New York, de l'autre côté de l'océan, dans une ville gigantesque où les rues sont plus larges, les voitures plus grosses, les gens plus massifs. J'avance pour ne pas céder, pour ne pas pleurer. Je n'avale plus ma salive depuis plusieurs minutes, je crache, un jeune ado en sweat à capuche me crie une chose que je ne comprends pas, j'avance. Au milieu d'une rue, je reconnais la palissade d'un jardin où j'étais entrée cet après-midi :

un jardin propre et cultivé, avec des bancs et des tables en bois, et un mot dont j'avais compris le sens : jardin partagé, ouvert à qui voulait bien venir l'entretenir. La palissade de bois est fermée par une chaîne et un gros cadenas. Sur le moment, j'ai envie de l'escalader : ce serait facile. D'un bond, je passerais par-dessus, je trouverais un coin où me rouler en boule et je pourrais enfin pleurer. Plus jeune, j'ai souvent fait ça. Parfois seule, parfois avec des amis : grimper par-dessus les murs ou sauter par-dessus les portails de maisons en démolition ou de friches industrielles pour explorer l'intérieur. Je continue de temps en temps pour faire des photos. J'y croise souvent d'autres amateurs de ruines récentes, comme moi. Je poste mes images sur mon Instagram. Pour les sites d'Urbex, j'ai pris un pseudo, j'ai des fans qui me suivent. J'hésite un instant et je passe mon chemin : on a beau être en avril, il fait froid, il n'est que 19 h 30, il risque de faire bien plus froid au milieu de la nuit, je vais attraper la mort si je me blottis comme un lapin dans un terrier.

J'avance, donc, passe devant un bar où je n'ai pas le droit d'entrer. Drôle de pays où l'on peut conduire sa voiture à seize ans mais où l'on n'a pas le droit de goûter à la bière avant vingt et un.

J'avance, je trouverai.

Il le faut.

Les tremblements de mes jambes m'ont obligée à m'asseoir sur le perron d'un entrepôt délabré et tagué. Je respire, je suis épuisée, je cherche à l'intérieur de moi une réserve intacte de forces qui m'aideront à tenir le coup. Pour réchauffer mes doigts, j'ouvre au hasard le livre qui n'a pas quitté la poche de ma veste, j'ai besoin de me concentrer, d'obliger mes pensées à m'obéir, sinon je vais partir en courant, me jeter dans le fleuve, traverser les avenues nerveuses et électriques en fermant les yeux, faire n'importe quoi, devenir folle, céder à la panique.

Mes yeux attrapent un vers en haut d'une page.

Feeling anxious and bone-lonely

Je me sens anxieux et seul jusqu'à l'os, écrit le poète.

Parfait.

C'est exactement cela.

Le poème sait précisément dire ce que je ressens confusément.

Anxieuse et seule jusqu'à l'os.

La journée a été terriblement longue et chargée de nouveauté. Déjà, la nuit dernière, j'ai mal dormi dans l'avion, je n'ai pas osé m'en plaindre. Pour Piotr et sa mère, prendre l'avion était une formalité : j'ai envié leur aisance, leur calme. Trouver le bon guichet pour enregistrer les bagages, aller à la bonne porte d'embarquement, s'installer dans l'avion, réclamer des écouteurs à l'hôtesse pour pouvoir regarder des films, s'endormir l'un et l'autre profondément au-dessus de l'Atlantique, débarquer à Montréal aux aurores, refaire la queue, passer devant un policier américain soupçonneux qui n'en finit plus de vérifier votre passeport, réembarquer pour un vol d'une heure à destination de New York, prendre le petit déjeuner dans l'avion comme si tout cela était naturel et banal.

Quand la mère de Piotr m'a demandé comment je me sentais, hier, juste avant le premier décollage, j'ai souri en espérant que mon sourire ne trahissait rien de mon trouble. C'était la première fois de ma vie que je montais dans un avion. Elle s'était occupée de tout, l'escale au Canada permettait de payer les billets bien moins cher, c'est elle qui avait fait les réservations ; elle va à New York six à huit fois par an, et Piotr l'accompagne en une ou deux occasions. Je n'ai quasiment pas fermé l'œil de la nuit, tout était nouveau, je ne voulais rien perdre de cette aventure. J'ai longtemps contemplé la carte du vol pendant que Piotr regardait un Marvel qu'il avait déjà vu plusieurs fois. Sur l'écran, j'observais la position de l'avion, sa vitesse et l'incroyable diversité des fonds marins : nous avons survolé la butte du Grand Météore, la plaine du Porc-Épic. J'ignorais que les fonds marins avaient des noms. J'ignore tant de choses, je suis une pauvre petite lycéenne vivant seule avec sa mère, allant parfois une ou deux semaines en camping au bord de la mer avant de partir dans la Sarthe rendre visite à mes grands-parents. Le plus grand événement de ma vie, ç'a été mon déménagement l'an dernier lorsque la ville a décidé de raser l'immeuble où j'habitais. Nous avons été relogées à cinquante mètres, je n'ai même pas changé de quartier.

Ma mère travaille comme ATSEM dans une école maternelle. ATSEM, cela signifie agent territorial spécialisé des écoles maternelles, elle seconde les institutrices. Elle accueille les enfants très tôt, s'occupe des siestes, aide à organiser les activités, surveille la cantine, gère le périscolaire le matin comme le soir. Quand elle rentre, elle se déchausse, s'allonge sur le canapé la tête en bas et les pieds contre le mur. La mère de Piotr, je ne suis pas sûre d'avoir bien compris ce qu'elle fait, elle travaille dans le commerce international, mais elle ne vend rien, elle s'occupe des contacts, des contrats, son travail me paraît flou et mystérieux, elle aide des entreprises à faire du commerce. Elle s'est spécialisée dans les États-Unis.

Quelque chose en ma mère s'est brisé à tout jamais lorsque j'avais dix-huit mois et que mon père l'a quittée du jour au lendemain. C'est difficile de savoir, je ne parle pas vraiment de ça avec elle, j'ai recueilli des bribes de confidences au fil du temps, ma mère fuit si je lui pose frontalement des questions. Depuis, elle se protège des hommes. Je crois qu'elle a fait son possible pour ne jamais retomber amoureuse ; par peur de chuter une nouvelle fois. La mère de Piotr, elle, a divorcé à deux reprises et son amoureux actuel vit à Londres, il travaille pour la même société qu'elle, il est marié, pas très heureux dans son couple, si j'ai bien compris, et la mère de Piotr profite de ses déplacements professionnels pour le retrouver le plus souvent possible.

Ma mère s'appelle Sylvie. La mère de Piotr, Vanessa. Pour venir à New York, j'ai été obligée de mentir à plusieurs reprises à maman. Je ne lui ai pas raconté que la mère de Piotr était la maîtresse d'un homme marié. Je ne lui ai pas expliqué non plus que je serais seule avec Piotr. J'ai inventé deux autres personnes, deux filles, des cousines américaines. Questions mœurs, ma mère est rigide. Je cherche un autre mot pour la qualifier, mais je n'en trouve pas un seul qui la définisse aussi bien. Ma mère est rigide. Depuis que je suis enfant, elle me met en garde contre les hommes, contre l'amour qui tourne la tête. Longtemps, elle m'a interdit d'avoir des amis garçons. La conséquence, c'est qu'elle m'a appris à mentir très jeune. De l'école primaire à la quatrième, j'étais la seule fille d'une bande de garçons – David, Norbert et Jordan –, nous avons beaucoup joué ensemble, nous avons partagé de longs dimanches après-midi, des débuts de soirée, des mercredis ; j'étais bien avec eux, notre bande a continué de se réunir jusqu'à ce que la vie nous sépare ; Norbert a changé de collège, David a déménagé, et je ne sais pas vraiment pourquoi j'ai perdu Jordan de vue. Sans doute parce que notre groupe était dissous. Durant toutes ces années, j'ai été obligée de faire croire à ma mère que mes amis étaient des filles.

New York, j'allais à New York.

J'ai toujours pensé que les voyages étaient pour les autres, pour les plus riches, les plus chanceux. Plus tard, je me suis répété, je voyagerai plus tard. Le salaire de ma mère suffit à nous faire vivre à condition que l'on ne fasse jamais de dépenses excessives. Année après année, j'écoute les conversations de mes amis, ils racontent leurs souvenirs d'expéditions en Guadeloupe, dans toute l'Europe, au Canada, en Asie, en Afrique. Ma meilleure amie, Sabriya, passe ses étés en Algérie depuis qu'elle est née. Et Piotr, que je connais depuis la sixième, nous faisait rêver avec ses voyages réguliers aux États-Unis. Jamais je ne suis allée à l'étranger, jamais je n'ai pris d'autres vacances qu'une ou deux semaines en camping, sur la côte vendéenne, pas trop loin de Nantes. Je n'en veux pas à maman, je vois bien qu'elle fait ce qu'elle peut. Piotr, par exemple, ne vit pas à la cité, mais dans l'une de ces grandes maisons entourées d'un jardin qui ceinturent les immeubles. Depuis toute petite, j'ai compris la valeur de l'argent. Je voyais les cadeaux de Noël hors de prix de certaines de mes amies, les marques de leurs vêtements ou de leur téléphone. Enfant, on apprend vite à faire un lien entre le modèle des voitures et les revenus des parents.

À vrai dire, même si j'ai parfois ressenti des pointes de jalousie, les voyages ne m'ont jamais manqué. On ne peut pas ressentir le manque d'une chose que l'on n'a pas connue. Si je veux être tout à fait honnête, j'ai parfois eu un peu honte de ma mère, de son pessimisme, de la manière dont elle s'est enfermée dans sa douleur au départ de mon père et dont elle s'est complu dans son rôle de femme abandonnée, mais je ne lui en ai jamais voulu de ne pas gagner plus d'argent.

Je m'étais promis que je voyagerais un jour, je ne pensais pas que cela arriverait si vite. Depuis deux ans, je fais du baby-sitting deux soirs par semaine, et je ne dépense pas un centime de l'argent que je gagne. L'opportunité d'aller à New York est extraordinaire. Pas de logement à payer, juste le billet, et à un tarif incroyable.

Je n'imaginais pas franchir l'océan si tôt. Aller en Amérique ! Dès que Piotr a suggéré l'idée de m'inviter à New York, je n'ai cessé d'y penser. En cumulant mes économies et l'argent que j'ai demandé à maman et à mes grands-parents à Noël puis pour mon anniversaire qui tombe fin février, cela devenait possible. Passer les vacances de Pâques à New York. Le rêve sitôt niché dans mon crâne, je n'ai pas pu l'en décrocher.

Ce qui paraît naturel à certaines personnes est extra-ordinaire à d'autres. Le voyage me coûterait toutes mes écono-mies, mais j'irais à New York.

Et, plus tard, je verrai Londres, Berlin, Madrid, Lisbonne, Québec, Toronto, Montréal, San Francisco, Marrakech, Mel-bourne, Alger, Athènes, Rome, Venise, Florence… Je ferai les voyages que ma mère n'a pas pu faire, je me le suis promis, j'ai besoin d'y croire.

J'avance dans la beauté d'une ville que je connaissais sans la connaître. N'importe qui possède une image mentale de New York, réelle ou inventée, la ville est un miroir qui reflète ce que l'on souhaite voir.

Je marche la tête baissée, j'aperçois des poubelles, des cartons sales, des herbes maigres poussant dans les fissures du bitume, des crottes de chien au pied des arbres espacés. Un New York banal et poisseux, à mille lieues des tours en métal et en verre réfléchissant les nuages. Aucun gratte-ciel dans le quartier que je traverse, mais d'interminables enfilades de maisons basses interrompues parfois par la grille rouillée de vieux entrepôts. Pas de faste ni de clinquant, pas de flèches élégantes tendues vers le ciel. De la brique, des rideaux de fer, des alignements de garages. Les plus hautes bâtisses n'excèdent pas quatre étages. Je pourrais me trouver n'importe où, pourtant, je suis en Amérique : les voitures garées le long des trottoirs sont immenses, un peu partout pendouille la Star-Spangled Banner, le drapeau dont les Américains sont si fiers.

Au-dessus de ma tête, dominant la terrasse d'un entrepôt, un grand cylindre juché sur des poutrelles et surmonté d'un cône de tôles m'offre un stéréotype : un château d'eau comme, à ma connaissance, il n'en existe que dans cette ville.

Je suis à New York, aucun doute. À l'angle d'une rue se tient une église, basse, ramassée, en briques rouges, séparée du trottoir par des grilles métalliques grises sur lesquelles une banderole proclame : *I am proud to be a member or the church of Christ. Je suis fier d'être membre de l'Église du Christ.* Plantée dans un maigre carré d'herbe, une pancarte en bois informe que *Jesus lights my path, Jésus éclaire mon chemin.*

À tout hasard, j'essaie d'ouvrir le portail. Peut-être pourrais-je trouver refuge à l'intérieur pour la nuit ?

C'est fermé.

De la sixième à la troisième, Piotr et moi avons toujours été dans la même classe. Et, cette année, en seconde, il était la seule personne que je connaissais. Jamais nous n'avions été proches. Au collège, je le trouvais bébé, immature. Je l'ai parfois aidé à faire ses maths, en permanence, entre deux cours ; c'est peut-être pour cela que j'avais été invitée à son anniversaire, en cinquième. Je ne garde pas des souvenirs exceptionnels de cette journée. Ses amis n'étaient pas mes amis. Je revois sa maison, en revanche : vaste, meublée comme les villas des magazines, avec une piscine dans le jardin. C'est ce jour-là que j'ai vu Vanessa, sa mère, pour la première fois. Cette rencontre est restée gravée dans mon esprit : une femme si belle, qui paraissait tellement plus jeune que ma mère. Je savais que Piotr vivait seul avec sa mère, je pensais que cela nous faisait un point commun, mais la femme qui nous avait accueillis me paraissait être l'exacte opposée de ma propre mère. Elle avait embauché une personne pour faire des gâteaux, Piotr avait reçu comme cadeau un téléphone hors de prix, il y avait un piano dans le salon, un immense piano, et − au moment où Piotr avait soufflé ses bougies − sa mère s'y était installée pour jouer un petit air, pas *Joyeux anniversaire*, un air que je ne connaissais pas. Il y avait des gâteaux partout, des bonbons, et je n'aurais pas été étonnée que l'on tire un feu d'artifice.

J'ai fait le maximum pour me faire inviter par Piotr aussi souvent que possible durant les années suivantes, pas pour le voir lui, mais en espérant croiser de nouveau sa mère. Elle n'était jamais là, toujours en voyage à l'étranger. Des jeunes filles au pair s'occupaient du quotidien.

Quand j'avais treize ou quatorze ans et que je rentrais chez moi après avoir passé l'après-midi chez Piotr, je trouvais ma chambre minable, mon appartement minuscule, mon immeuble sale et puant.

Le soir, après dîner, ma mère s'installait sur le canapé pour regarder une émission de télé-réalité ou de variétés, je savais que la mère de Piotr était à San Francisco ou à Boston, et je rêvais d'une vie qui n'était pas la mienne.

Depuis la rentrée, je suis retournée régulièrement chez Piotr. Les hasards nous ont rapprochés. Je l'ai déjà dit : au lycée, je ne connaissais personne en dehors de lui. Mes amis du collège avaient déménagé, ou bien ils s'étaient orientés vers des filières professionnelles ou techniques. Piotr était juste un visage familier. Nous n'étions plus des gosses, il avait grandi, il paraissait moins lourd, moins gamin. Il m'a invitée de temps en temps, pour qu'on voie un film, pour qu'on travaille tous les deux à un exposé. Nous avons pris l'habitude de nous voir, de traîner ensemble. Rien d'autre. En début d'année, Piotr avait une copine, l'une de ces filles qui misent tout sur les vêtements et le maquillage, une fille qui vit à deux rues de la sienne, pas une fille de la cité. Je l'ai rencontrée une poignée de fois, elle était inscrite dans un lycée du centre-ville, nous n'avions pas vraiment grand-chose à nous dire. En un sens, cela me rassurait qu'il soit attiré par le genre bimbo, je pouvais me détendre en sa compagnie ; avec mes sweats délavés et mes jeans trop courts je n'étais pas son genre. Et un jour, c'était durant les vacances de la Toussaint, j'ai revu sa mère. Elle rentrait d'un long séjour à l'étranger. Elle se baladait en pyjama et robe de chambre alors qu'il devait être 17 ou 18 heures. Enfin, je rectifie : en pyjama soyeux, en robe de chambre rouge et or achetée dans je ne sais plus quel pays d'Asie. Elle se levait juste parce qu'elle était en plein jetlag. Piotr me montrait une vidéo sur son ordinateur, dans le salon, et c'est là que Vanessa m'a parlé pour la première fois de New York. L'idée du voyage est venue naturellement dans la conversation. Il faudra qu'elle retourne travailler aux États-Unis en avril prochain. Elle s'est débrouillée pour que le début de son séjour corresponde aux dates des vacances d'avril. Elle louera un appartement, Piotr viendra passer les deux semaines avec elle, mais, comme elle sera très souvent absente, Piotr risque d'être livré à lui-même et de s'ennuyer. Ce serait bien qu'il invite un ami. *Ou une amie*, avait-elle ajouté en me fixant.

J'étais rentrée chez moi les joues en feu et le cœur battant. Un rêve ne fait pas souffrir si l'on sait qu'il est irréalisable. Visiter New York devenait une hypothèse envisageable.

J'avais mis deux jours avant d'en parler à ma mère.

Et, bien sûr, immédiatement, elle m'avait répondu que c'était hors de question.

Un hélicoptère passe, haut, dans le ciel. Le coin de Brooklyn où je me trouve ressemble plus à l'image que je me fais d'une ville résidentielle américaine. Rien de très spectaculaire à contempler. Juste des alignements interminables de maisons à un seul étage, des épiceries à chaque angle, des petits supermarchés, des bars. Je passe devant une pizzeria installée dans un ancien garage automobile. Les propriétaires ont gardé une grande partie de la décoration d'autrefois. L'odeur de la nourriture me fait réaliser que j'ai faim.

Je marche un peu au hasard, sans prendre de décision. En réalité, je ne réfléchis plus. Je n'ai qu'une envie : me rouler en boule, là, contre un mur, fermer les yeux et − par miracle − les rouvrir dans ma chambre, de l'autre côté de l'océan.

Les vagues tapent lentement contre les rochers en contrebas, il a plu la veille, la météo annonce un redoux, nous sommes en novembre dernier, je me lève tôt, ma mère se trouve déjà dans la cuisine, elle sirote un bol de thé à moitié froid en regardant par la fenêtre. Quand elle sent ma présence, elle sursaute mais ne se retourne pas tout de suite. Le sourire qu'elle arbore lorsqu'elle pivote enfin pour me dire bonjour sonne faux. C'est un sourire factice, assemblé à la hâte. J'ai l'habitude : ma mère a souvent des accès de tristesse, une mélancolie épaisse qui l'assombrit régulièrement et contre laquelle elle lutte.

Ce matin, c'est elle qui me demande s'il me reste beaucoup de devoirs, et, comme je suis plutôt du genre à anticiper, à travailler en permanence ou le soir pour être tranquille les week-ends, elle me propose d'aller voir la mer.

Nous marchons sur le sentier des douaniers, du côté de la pointe Saint-Gildas, au nord de Pornic. Ma mère adore ce coin, nous venons nous y promener trois ou quatre fois par an, rarement l'été, où les plages sont bondées et les routes embouteillées. Ma mère a préparé rapidement deux sandwichs, hors de question que l'on aille dans une crêperie, hors de question de dépenser de l'argent pour une simple galette avec du fromage dessus. Longtemps, nous cheminons sans rien nous dire, la mer parle pour nous à grands coups d'écume sur les rochers en contrebas. À un moment, nous descendons vers une petite crique, là nous pique-niquons en regardant le ciel, la mer, les rochers en surplomb. J'ai ouvert ma veste, le soleil pourtant un peu voilé réchauffe mon visage. Depuis des semaines, j'ai renoncé à tenter de convaincre ma mère de me laisser aller à New York, j'ai baissé les bras, j'en ai marre des disputes et des crises, et – à ma grande surprise – c'est elle qui aborde le sujet. Elle se déchausse, s'approche de l'eau, laisse les vagues lui mordre les mollets. Elle regarde droit vers l'horizon. *Sans les brumes au loin*, dit-elle, *on verrait certainement l'Amérique.* Quand j'étais petite, une fois, elle m'avait raconté que de la côte française, par très beau temps, on apercevait la statue de la Liberté ; je l'avais longtemps cherchée avant de comprendre qu'il s'agissait d'une plaisanterie.

Une vague un peu plus vive que les précédentes mouille le bas de son pantalon, et ma mère vient s'asseoir à mes côtés. *Tu veux vraiment y aller, à New York ?* elle me demande, et la question m'électrocute de surprise. Le mois dernier, le ton était vite monté lorsque je lui avais annoncé que j'étais invitée aux États-Unis, et j'avais fini par me réfugier dans ma chambre en claquant la porte pour ne plus l'entendre répéter encore et encore qu'il fallait que j'arrête de rêver à des choses impossibles.

Là, dans cette crique, alors que j'ai les yeux fermés et le visage tourné vers le soleil, un miracle se produit : nous évoquons sereinement la possibilité du voyage ; je réexplique les allers-retours de la mère de Piotr, je n'aurai que le billet à payer, sur place je serai nourrie et logée. À un moment, j'ouvre les yeux, ma mère me fixe, son visage ressemble à une sorte de masque figé. Ce matin, elle a à peine pris le temps de passer un coup de brosse dans sa tignasse. Je la dévisage en retour : ses cheveux blancs de plus en plus nombreux, ses rides au coin des yeux, ses joues un peu tombantes. À ma grande honte, je revois le visage de Vanessa toujours impeccablement maquillé. Sous le soleil vertical de novembre, assise sur un rocher avec le bas de son jean trempé, dans sa doudoune matelassée achetée en solde, ma mère paraît avoir vingt ans de plus que celle de Piotr.

Dans le calme, nous continuons à envisager le voyage comme s'il était possible que je le fasse. Je sens bien qu'elle prend sur elle, je redoute le moment où elle cherchera à me raisonner, je suis tendue, j'ai enfoncé mes doigts dans le sable humide et froid. Et c'est là que je mens : lorsque ma mère me demande si je serai seule avec Piotr, j'invente la présence de deux cousines américaines de mon âge. Ma mère soupire, regarde le ciel, regarde l'horizon, me dit qu'il est peut-être temps que je la voie en vrai, la statue de la Liberté. Elle me sourit, et je repense à ce matin, au sourire artificiel sur ses lèvres lorsqu'elle s'est retournée vers moi. Il est toujours difficile de comprendre les sentiments de ma mère, elle retient ses joies comme ses peines. Mon sourire à moi, à cet instant, est immense et réel.

Piotr, c'est ton copain ? veut-elle savoir. *Non,* je souris toujours, *non, c'est un ami, c'est tout.* Je réalise à cet instant que je ne me suis jamais réellement posé cette question. Après tout, Piotr est plutôt mignon, il n'est pas idiot, j'apprécie sa compagnie et j'ai l'impression que c'est réciproque… Je crois que je me suis toujours interdit d'y penser à cause de nos différences. Je n'ose imaginer Piotr entrant dans notre appartement. Je ne veux pas me sentir écrasée par l'aisance du garçon avec qui je sortirai un jour. Les riches qui aiment les pauvres, c'est bon pour les romans sentimentaux. Les rois n'ont jamais mis leur couronne en péril pour une paysanne.

On en reparlera, elle conclut, et j'ai très peur de ne plus jamais aborder le sujet avec elle.

Ce jour-là, je fais une photo d'elle avec le reflex compact qui ne me quitte presque jamais ; je l'ai depuis l'an dernier, c'est un petit hybride qui me permet de régler manuellement la mise au point et la profondeur de champ. Ma mère déteste que je la photographie, elle se trouve moche et vieille. Longtemps, j'insiste pour obtenir son sourire. Je déclenche. Sur l'écran, je crois que la photo est réussie, on voit ma mère nette, les rochers floutés autour, une barre de lumière tombée du ciel embrase sa chevelure emmêlée.

Au retour, en voiture, mentalement je fais mes comptes : en mettant tout l'argent gagné comme baby-sitter depuis bientôt deux ans et dans l'hypothèse où mes grands-parents accepteraient de ne pas me faire de cadeau mais de me donner du liquide à Noël ainsi que pour mon anniversaire en février, je peux certainement m'offrir un aller-retour.

Contre toute attente, ma mère cède. *Oui*, elle dit. Juste un oui sans que j'aie eu à poser la question. Comme elle conduit, je ne peux pas lui sauter au cou. Je pousse un cri de joie : long, vibrant. Je suis heureuse. Très. Ma mère ne sourit plus, son regard ne quitte pas la route un peu chargée. Nous rentrons à la maison comme ça : elle concentrée, moi débordante de joie.

Dans les semaines qui suivent, je fais les démarches pour obtenir le premier passeport de ma vie. Piotr m'informe que sa mère a repéré des billets encore moins chers que prévu, avec une escale de deux heures à Montréal.

C'est parti, j'ai juste dû inventer un tout petit mensonge, un mensonge de rien du tout qui − je le croyais fermement à l'époque − n'aura aucune conséquence.

Le soleil se couche sur Brooklyn. En marchant, honteuse, je réalise que je n'ai jamais retouché la photo de ma mère prise ce jour-là ; j'avais promis de la lui envoyer, je l'avais transférée sur un disque dur et je l'ai oubliée.

Il faut que je fasse quelque chose.

La colère.

La colère remonte.

Je ne vais pas passer la nuit dans la rue, tout de même ?

Le ciel s'assombrit, l'obscurité s'installe. Nous sommes en avril, il ne gèlera pas, mais je n'ai pas de vêtements assez chauds pour rester immobile, il faut que je bouge.

Trottinent deux types, barbus, jeunes, qui font leur jogging sur le trottoir en discutant de je ne sais quoi. À qui pourrais-je demander de l'aide ?

Aller à la police? Dire ce qui m'est arrivé? Dire que je n'ai aucun endroit où dormir?

Me croira-t-on?

Je parle si mal anglais, me comprendra-t-on?

Et ensuite?

N'est-ce pas ma faute, dans le fond?

J'ai accepté ce voyage.

J'ai accepté de rester seule avec Piotr.

J'ai seize ans, tout juste.

Je n'ai pas crié au début, je ne me suis pas débattue. Qui me croira?

Mais quelle conne !

Mais quelle conne !

Mais quelle conne !

Mais quelle conne !

Mais quelle conne !

Jamais je n'ai pensé que cela m'arriverait à moi. Jamais. D'autant plus après ce que maman m'a raconté. Je suis prévenue, mise en garde. Sans que les choses soient clairement exprimées, j'ai compris combien maman a été détruite, combien depuis des années sa joie a été minée et entachée par ce qui lui est arrivé.

J'ai lu des articles, j'ai discuté avec des amis, j'ai écouté certains profs plus courageux que d'autres en parler, j'ai vu des films, j'ai lu des livres.

Et je n'ai rien vu venir.

Ou plutôt, non : j'ai tout vu venir, les signes étaient là, sous mes yeux, j'ai tout vu venir, mais j'ai refusé de penser que cela pouvait m'arriver à moi parce que je voulais passer des vacances sur l'autre rive de l'océan.

J'ai refusé de voir.

Mais quelle conne !

Mais quelle conne !

Mais quelle conne!
Mais quelle conne!
Mais quelle conne!

Pour le voyage, j'ai acheté d'occasion sur internet un recueil de poèmes de Raymond Carver, le livre se nomme *Ultramarine*, il est en anglais. J'avais peur de ne rien comprendre, mais l'envie d'essayer de lire dans la langue originale a été la plus forte. Un peu par hasard, j'étais déjà tombée sur l'un de ses poèmes, et il m'avait marquée. Il racontait une histoire, celle d'un poète qui cherche une chose à écrire et qui se souvient que son voisin est mort d'une crise cardiaque sous les yeux de sa femme en regardant la télévision. Le poème était comme une petite nouvelle très courte, très resserrée, et j'avais recopié une phrase pour la poster sur les réseaux sociaux. *Quelle vie était-ce là ? Une vie dans laquelle on a trop à faire pour même lire des poèmes ?*

Comme le titre de la traduction française du livre n'a aucun rapport avec le titre original, j'étais fière d'avoir su le trouver. Une fois installée dans l'avion, je l'avais posé bien en évidence sur la tablette. Vanessa, la mère de Piotr, a alors jeté un coup d'œil distrait vers la couverture. *Carver ?* elle a fait, *c'est un auteur de la côte Ouest*, et elle s'est tue. Je me suis sentie rougir jusqu'à la pointe des oreilles. Je voulais l'impressionner, et c'était raté. Comme elle a tout de suite glissé un masque sur ses yeux pour dormir, je n'ai pas osé lui demander de me conseiller un poète de la côte Est, ou mieux : un poète new-yorkais.

Plus tard, durant le vol, alors qu'elle dormait, je tentai comme je pouvais de comprendre les poèmes. Piotr visionnait je ne sais quel épisode des *Avengers*. J'ai pensé qu'en cours de français, au lycée, on étudie *Un cœur simple*, de Gustave Flaubert. L'auteur a beau être normand, on le lit dans toute la France. Je manque d'à-propos, c'est ce que j'aurais dû répondre. La remarque de Vanessa m'avait blessée, elle était méprisante. Pour la toute première fois, l'admiration que je ressentais pour elle s'est ébréchée. D'autorité, elle avait choisi la place la plus proche du hublot. Piotr était entre nous et moi du côté de l'allée. Je l'ai observée quelques secondes : lorsqu'elle dort, quelque chose semble couler sur son visage. C'est comme si, éveillée, elle faisait des efforts pour être toujours impeccable et belle. Dans le ronron des moteurs, sa bouche était légèrement entrouverte, j'ai vu briller entre ses lèvres une goutte de salive. Mal à l'aise, j'ai détourné la tête et je me suis replongée dans ma lecture.

The people who were better than us were comfortable, écrit Carver au tout début d'un poème. Je traduis maladroitement : *les gens qui étaient mieux que nous étaient confortables*. Il explique ensuite que ces gens-là possèdent des maisons, ont l'eau courante dans les toilettes et qu'ils conduisent des voitures récentes à la marque reconnaissable. Je reviens sur ma traduction, *people who were better than us*, ça doit vouloir dire *les gens à l'aise, les gens riches*. Je regarde du côté de Vanessa qui dort toujours. Et je décide de garder ma première idée, littérale : *les gens qui sont mieux que nou*s, tellement dans le monde la fortune d'une personne semble être le seul critère pour établir sa valeur.

Omniprésence de la bannière étoilée dans Brooklyn comme – j'imagine – partout ailleurs : affichée dans les vitrines, suspendue aux fenêtres des maisons, flottant à l'entrée des immeubles, collée sur les voitures, ornant les camions. Je ne sais pas s'il y a de quoi être fier d'habiter l'Amérique, ce que j'ai lu sur ce pays est plutôt effrayant : chômage, endettement massif, frais médicaux hors de prix, précarité, tensions sociales, racisme… En miroir, je me demande si je suis fière d'être française. Je ne me vois pas placarder un drapeau bleu blanc rouge dans ma chambre. En cours d'histoire, le prof nous a raconté que le bleu était la couleur de la ville de Paris, le blanc celle du roi, et le rouge celle du sang versé lors de la Révolution française. Il est sans doute un beau symbole : celui de la démocratie, du peuple prenant le pouvoir, mais je ne ressens aucun attachement à ces trois bandes de couleur ; je me demande si la France actuelle respecte encore les valeurs qui l'ont fondée… Je n'en sais rien. J'ai l'impression que les valeurs se perdent dans le tumulte du monde moderne. Pas une semaine en France sans manifestation ni charge des CRS. Si je devais dessiner un drapeau pour mon pays, il serait gris comme les nuages de gaz lacrymogènes qui recouvrent le centre-ville de Nantes depuis des mois.

Avant cette nuit, je ne me suis jamais demandé si j'étais fière d'être française ; les Américains, eux, répondent unanimement à la question : ils sont fiers d'être citoyens des États-Unis.

Un simple mot en français me paralyse en pleine rue. Un petit garçon crie *papa* et un père lui sourit, le soulève de terre pour le hisser sur ses épaules. Le gamin doit avoir à peine trois ans, la fatigue se lit sur son visage. Des touristes, comme moi, un père et son fils ; ils marchent sur le trottoir d'en face. Paralysée, je les observe s'éloigner. Ce n'est que lorsqu'ils ont disparu à l'angle que je me dis que j'aurais pu demander de l'aide à cet homme, qu'il me prête son téléphone pour que je passe un coup de fil urgent à ma mère.

Je ne sais pas pourquoi je n'ai pas bougé.

Parce que c'est un homme ?

Non, il ne faut pas généraliser.

Parce que c'est un père, peut-être ?

De mes dix-huit mois à mes quinze ans, ma mère n'a jamais accepté de me parler de mon père. Si je posais une question, elle me renvoyait à ce que je savais déjà. Il l'avait abandonnée, il n'avait jamais tenté d'entrer en contact avec moi. Même son prénom, ma mère rechignait à le prononcer. Pourtant, il m'avait reconnue à l'état civil. Je me souviens encore du choc que j'ai reçu quand j'avais treize ans, ma mère était à l'école, j'étais rentrée plus tôt du collège, je m'ennuyais et – par désœuvrement – je m'étais mise à fouiller dans les tiroirs du buffet du salon, les trois grands tiroirs remplis de tout ce qui n'a pas trouvé de place ailleurs : des tickets de métro parisiens non utilisés, des photos imprimées jamais collées dans un album, de vieux Photomaton de moi petite fille, des clés ouvrant des serrures oubliées, des vis ou des écrous orphelins, une montre de gousset arrêtée sur midi vingt (ou minuit vingt ?), des punaises, des chemises à rabat avec divers papiers administratifs. C'est dans l'une de ces chemises que j'avais trouvé le livret de famille. Mon père était là : Sylvain, né le 4 février 1978 à Nantes, fils de Jean et de Monique. Et son nom de famille n'était pas le mien. Le cœur battant et les jambes flageolantes, je l'avais aussitôt cherché sur Facebook, et il y était.

J'avais mis un mois avant d'oser le contacter.

Il n'avait pas répondu.

C'était peut-être un homonyme.

Je n'en savais rien.

Je n'osais pas lui réécrire, je n'osais pas en parler à maman.

Et un jour, presque deux ans plus tard, sur Instagram, il a mis un cœur sous une photo que j'avais postée. Je n'ai rien fait, je suis allée voir sa page, c'était bien le même homme que sur Facebook. Il ne postait pratiquement rien : des banalités, la photo d'un arbre, des vignettes avec des citations soi-disant spirituelles, des blagues parfois. Peu de gens likaient ses posts, encore moins commentaient.

En décembre dernier, à la suite d'une conversation avec ma mère, je l'ai bloqué. Cela faisait deux ans que j'attendais un message qui ne venait pas ; en fait, cela fait quinze ans que j'espérais qu'un jour ou l'autre il se décide enfin à entrer en contact avec moi.

En décembre dernier, ma mère m'a parlé de lui.

J'ai eu quelques pièces à ajouter au puzzle.

Il me fait horreur.

Je ne sais combien de temps je suis restée perdue dans mes pensées. Au moment où je relève la tête, un petit homme avec des lunettes passe devant moi. Il promène un chien en laisse. Il ressemble tellement à Woody Allen que je suis persuadée que c'est lui. Mais je ne dis rien, pas plus à lui qu'à l'homme qui portait son fils sur ses épaules tout à l'heure.

Enfin, au bout de la rue, je vois le métro aérien. Je ne me suis pas trompée de direction, j'ai marché vers le bon endroit. Myrtle Avenue. La station est située au-dessus d'un carrefour animé. Une boutique vend des disques d'occasion, en face un mur d'enceinte inonde le carrefour de vieilles chansons funk, le son provient d'un magasin de vêtements fréquenté uniquement par des Afro-Américains. Je passe devant une épicerie indienne, à côté un fast-food ne vend que des ailes de poulet accommodées à toutes les sauces. L'étalage de toute cette viande luisante m'écœure, pourtant j'ai faim. Le décalage horaire, la fatigue. J'ai faim et je n'ai pas un dollar en poche.

Sous la station, des voitures passent, une foule de gens filent vers je ne sais quelle destination, et quelques hommes restent immobiles : des Noirs exclusivement. Ils ont étendu des cartons sur le trottoir, ils vivent ici : dans la rue, à même le sol crasseux. Je suis impatiente de prendre le métro et de m'éloigner du quartier, mais je ne peux pas m'empêcher d'observer un homme aux vêtements souillés en lambeaux. Je n'ai jamais vu quelqu'un d'aussi sale. Il fait les cent pas sur le trottoir, peut-être a-t-il froid et cherche-t-il à se réchauffer ? Ce qui a attiré mon attention, c'est la lenteur de ses mouvements. Il met une dizaine de secondes à faire un pas, dix autres pour un deuxième. Il lui faut une minute pour parcourir trois mètres, il oscille et risque de tomber à chaque instant, comme s'il marchait le long d'une corde tendue qu'il serait le seul à voir. Cet homme vit dans une autre temporalité. Autour de lui roulent les véhicules énormes qui emplissent les rues de New York. Les gens l'évitent. Et lui, insensible, muré, il avance à pas minuscules, lentement, très lentement, au sein de l'agitation. Il parcourt cinq ou six mètres et fait demi-tour. Je passe à sa hauteur, son visage mangé par une barbe répugnante est un masque figé. Ses yeux m'ont traversée sans me voir.

Une enveloppe, je pense. Cet homme est une enveloppe vide. Si une conscience, un esprit ou une sensibilité s'est un jour trouvée à l'intérieur de son corps, la misère l'en a chassée depuis longtemps. Cet homme est vacant, son corps dépeuplé, il est simplement animé par un mouvement réflexe lui permettant de ne pas s'allonger et mourir sur place.

Je ne sais quelle malchance l'a détruit. Je pense à la drogue, on dit que le crack est capable d'évider les êtres. Je pense aussi au chômage, à un accident, à l'alcool, à l'impitoyable revers du rêve américain : les États-Unis sont un pays où l'on peut devenir millionnaire en partant de rien, nous répète-t-on dans les films et les séries, mais c'est également le pays où, faute de services sociaux et d'assurance santé, on peut tout aussi rapidement chuter dans le néant.

Je glisse ma main dans la poche de ma veste, je rencontre le boîtier de mon appareil photo, je ne réfléchis plus à ce que je fais, je reviens sur mes pas, j'observe l'homme qui quitte l'avenue, se dirige de son pas d'automate vers une rue un peu plus sombre, farfouille à hauteur de sa ceinture. Je comprends ce qu'il va faire. Il est de dos, face à la vitrine crasseuse d'une boutique fermée. Une affiche défraîchie scotchée de l'autre côté du verre malpropre proclame *Make America great again*. Au moment où l'homme se met à uriner contre la vitrine, je déclenche.

Puis, honteuse, je bats en retraite. Je cours presque pour traverser l'avenue, je monte quatre à quatre les marches du vieil escalier métallique du métro. Je m'en veux d'avoir pris cette photo, je ne sais pas pourquoi je l'ai fait. C'est un peu comme si j'avais dérobé quelque chose à cet homme. Là, je réalise que, même lorsque l'on n'a plus rien, il est toujours possible de se faire voler quelque chose. Parvenue dans la station, j'ai un temps d'hésitation : je regarde un plan, trois lignes vont vers Manhattan : la M monte, la J et la Z descendent, va pour elles, je cours jusqu'au quai.

Une fois assise dans le métro, calée dans un fauteuil en plastique orange, les mains tremblantes, je regarde l'écran de mon reflex. Le dos voûté de l'homme, l'affiche dont on comprend le message, le jet d'urine dégoulinant au sol, la lumière sale de la rue, cette photo est parfaite. Je n'ai rien volé à cet homme. Cette photo est un témoignage. En sa faveur. Contre un monde qui laisse pourrir les hommes dans les rues.

Et, de pensée en pensée, je comprends que ce qui m'a touchée dans cet homme, c'est qu'il incarne une malédiction qui peut tous nous broyer. Je ne suis ni noire, ni droguée, ni vieille, ni américaine, mais je suis moi aussi à la rue. C'est si facile de céder, de se laisser faire, de se laisser couler.

Encore une fois, je me demande ce qui s'est passé en moi pour que je sois demeurée si longtemps sans réaction, pour que je n'aie pas crié et que je ne me sois pas débattue tout de suite.

Devient-on si facilement une enveloppe vide?

Dans le métro, des affiches proposent de télécharger des livres gratuitement sur son téléphone.

Dans le métro, les gens font des jeux sur leur smartphone, ou écoutent de la musique.

Certains dorment déjà.

Je donnerais cher pour pouvoir téléphoner à maman, là, tout de suite, lui avouer que j'ai menti, l'appeler au secours.

Blottie dans la coque de mon siège, brusquement, je sens que ça me reprend : je tremble. La crise débute par mes mains, elles vibrent si fort que je suis obligée de les coincer sous mes cuisses, contre le plastique sale de la banquette, puis les jambes s'y mettent, les épaules aussi, je tremble comme si un vent terrible soufflait, sauf que le vent provient de l'intérieur ; je tente de me maîtriser, je relève la tête, personne ne prête attention à moi.

Je n'arrive pas à faire cesser les tremblements, je suis secouée par des décharges électriques, je grelotte littéralement alors que je n'ai pas froid, et tout à coup je me mets à claquer des dents.

Un homme lève les yeux vers moi : un Noir américain immense et énorme ; dès qu'il voit que je le vois, il détourne la tête.

Je suis agitée de soubresauts, je serre la mâchoire pour que mes dents fassent moins de bruit, je suis ridicule.

Je sens que si ça continue comme ça je ne vais même pas pouvoir rester assise, je ferme les yeux, je me concentre sur ma respiration, sur mon souffle qui entre et sort de moi, je tente de visualiser mes poumons qui se gonflent et se dégonflent, je me force à respirer plus lentement, très lentement, je compte entre les inspirations et les expirations, arrive à tenir dix secondes, puis vingt, là, je sens que les tremblements cessent, j'ai arrêté de claquer des dents, je suis forte, je me répète cette phrase comme un mantra, comme une formule magique : *je suis forte.*

Quand je rouvre les yeux, je ne tremble plus. Dehors, la nuit est totalement tombée maintenant, le métro est en train de franchir l'East River ; je vois au loin l'incroyable panorama des lumières scintillantes de Manhattan et, pour la première fois, je m'avoue une chose évidente : je suis encore en état de choc.

Sans trop de difficultés, et même si je ne suis pas habituée à lire les plans de métro, je me suis vite retrouvée tout en bas de Manhattan. C'est assez facile, dans les stations les lignes qui descendent sont marquées *downtown* et celles qui montent *up town*. J'avance et j'agis dans un état second, je ne veux pas réfléchir à ce qui encombre mon esprit. Décrypter un plan de métro occupe les pensées et les détourne des souvenirs pénibles. Je découvre des rues étroites, écrasées par l'ombre d'immeubles gigantesques semblant se rejoindre bien au-dessus de ma tête. Jusqu'à présent, New York m'avait paru large, aéré et aérien ; ici, dans le bas de l'île, la ville devient l'espace de quelques rues d'une terrifiante exiguïté. Un piège.

Sans trop savoir ce que je fais, je suis une indication : Ground Zero. World Trade Center Memorial. L'espace s'entrouvre à nouveau, je me retrouve au pied d'une tour de verre bien plus haute que les autres, en face il y a un centre commercial surmonté d'une structure blanche hérissée de mâts, l'architecture le fait ressembler à une sorte de vaisseau spatial ou à l'épine dorsale d'un monstre cyclopéen. De nombreuses personnes se dirigent vers un même point, je les suis, je me laisse porter par le courant comme un petit bout de bois jeté dans une rivière. Devant moi s'ouvre un espace vide, un espace sans immeubles, sans tours, sans bâtiments, un espace dégagé sur le ciel nocturne. Des centaines de gens sont là, des touristes, des Américains, des curieux et, je le comprendrai plus tard, des parents de celles et ceux qui se trouvaient dans les tours du World Trade Center et qui sont morts. Le flux de la foule me guide jusqu'au mémorial.

Le 11 septembre 2001, je n'étais pas encore née, j'ai appris bien plus tard ce qui s'est passé ce jour-là. Les avions détournés frappant les tours de New York et le Pentagone, l'avion s'écrasant avant d'atteindre la Maison-Blanche. La folie d'une guerre qui ne tue que des civils, une guerre où l'ennemi est celui qui ne pense pas comme vous, qui ne croit pas au même dieu que vous. Je n'étais pas née le jour de l'attentat, mais j'ai grandi en voyant et en revoyant les images de films et de documentaires : une tour en feu, les caméras braquées sur elle, les journalistes effrayés d'un tel accident, puis l'arrivée du second avion, l'explosion contre la seconde tour, la compréhension immédiate qu'il ne peut pas s'agir d'une coïncidence, que l'accident n'en est pas un, qu'une guerre vient d'être déclenchée, l'effondrement, l'incroyable nuage de poussière qui avait recouvert la ville tout entière. Ces images font partie de ma vie, je sais que le monde dans lequel je vis est marqué par les conséquences de ce jour-là : la politique guerrière américaine, les attentats réguliers en France et partout dans le monde, Daech, tout est lié à l'effondrement de ces deux tours. Et pourtant, cela me semble appartenir à une autre époque, comme la Seconde Guerre mondiale. Jusqu'à ce soir, le 11 septembre 2001 était une date apprise à l'école, mais là, face au mémorial, une boule d'angoisse se forme instantanément dans ma gorge. Je ne sais pas à quoi ça tient. À mon propre désarroi? À la foule si dense? Au mémorial lui-même? Aux centaines de petits drapeaux américains piqués dans les noms des victimes inscrits en lettres découpées sur la bordure de métal?

Brusquement, j'ai froid. J'ai pourtant boutonné ma veste bien chaude jusqu'au cou; mes mains sont glacées, je les glisse dans mes poches, je m'approche, je ne peux pas ne pas m'approcher.

Deux immenses carrés marquent les emplacements des deux tours, ils sont entourés d'un muret arrivant à hauteur de ma taille, la surface de ce garde-corps est entièrement gravée de noms de victimes: chaque nom creusé dans la rambarde métallique du mémorial. Je suis maintenant tout au bord, un vertige me saisit: le mémorial est un vide, comme si les tours avaient été reproduites en inversé, les carrés s'enfoncent de plusieurs mètres sous le niveau de la rue. À l'intérieur, des flots d'eau coulent et disparaissent dans un immense trou. Un gouffre, je pense. Une porte des enfers. Deux mémoriaux, deux portes ouvertes sur les enfers de la folie meurtrière des hommes.

J'ai froid, trop froid, le froid provient du mémorial, je recule, un vendeur de drapeaux m'interpelle, je fais non de la tête, je n'ai rien à commémorer; je m'approche de l'emplacement de la seconde tour où j'observe une scène qui me sidère. Une jeune femme porte un petit enfant dans ses bras, elle l'a soulevé, l'a installé sur sa hanche, elle lui montre un nom, lui donne un drapeau américain et le regarde le planter dans l'«o» du prénom John qu'elle avait désigné. Il fait nuit, l'éclairage public est peut-être trompeur, je crois que les yeux de la jeune femme brillent. Sans réfléchir, je saisis mon appareil photo, je me trouve à quatre mètres de la scène. La femme relève la tête, elle me voit, indécise, l'appareil à la main. Ses sourcils se froncent, j'abaisse l'appareil vers le sol, je bafouille une excuse. Elle me demande d'où je viens, le simple *sorry* que j'ai prononcé m'a signalée comme étrangère. France, je réponds. *I'm French.*

La jeune femme me sourit alors, je n'avais jamais vu quelqu'un pleurer et sourire en même temps. L'enfant est encore dans ses bras, il a détourné la tête, il regarde ailleurs, vers les immeubles, vers la lumière, je ne sais pas ce qu'il pense de ce trou immense où l'eau s'engouffre vers le cœur de la terre, il doit avoir entre deux et trois ans : un petit garçon blond un peu effrayé dans les bras de sa mère blonde. La jeune femme m'explique une chose que je comprends malgré mon faible niveau d'anglais. Elle emploie des mots simples, elle parle lentement, elle dit *my son*, elle dit *my father*, elle dit *same age*. C'est son père qui est mort dans l'attentat, elle avait exactement le même âge que son fils aujourd'hui. Elle a fait le voyage jusqu'à New York pour que son fils rende hommage au grand-père qu'il n'a jamais connu. Ils vivent à Athens, dans l'État de Géorgie. Et, pendant qu'elle parle, les larmes coulent. Elle ajoute qu'elle n'a plus aucun souvenir de son père vivant : elle le connaît uniquement par les photos que sa mère lui a données.

Elle rejette la tête en arrière, essuie ses larmes d'une main, et me demande de la photographier pour montrer son portrait en France ou dans le monde entier.

Je sursaute, j'essuie à mon tour mes yeux, je n'ai pas cessé de pleurer pendant qu'elle parlait, je cherche l'angle, je fais la mise au point manuellement sur la main que le garçon tend maintenant vers moi, je déclenche au feeling.

La jeune femme dépose l'enfant au sol et s'approche pour voir le résultat. Au premier plan : les noms des victimes, le petit drapeau et la main du garçon. Le visage de la femme est un peu flou, celui de l'enfant aussi. À cause des éclairages publics, la scène est chaude, jaune, avec des ombres profondes. L'arrière-plan est quasi abstrait : des lumières innombrables. Sur la photo, malgré le flou, on voit parfaitement que la jeune femme pleure. Le prénom de son père, John, reste net, tout comme la petite bannière étoilée piquée dans l'«o».

Son visage s'illumine. Elle me demande mon nom, dit à son fils de ne pas s'éloigner, saisit son téléphone, me cherche sur Instagram, m'ajoute et me fait promettre de poster cette photo.

Je promets.

Elle prend la main du garçon et elle s'éloigne.

Nul vent ne fait bouger le petit drapeau.

Des flots d'eau s'engouffrent droit jusqu'aux enfers.

Et j'ai sans doute perdu une occasion de demander de l'aide à une personne amicale.

Peut-être se serait-elle enfuie si j'avais osé prononcer la phrase que j'ai envie de hurler : *help me ?*

Ville gigantesque, ville labyrinthique. 18,5 millions d'habitants, c'est écrit dans tous les guides. Ville qui se protège de la nuit par une débauche de lumières. J'ai repris le métro, *up town*; dès que je mets un pied dans les allées de Central Park, je comprends que j'ai fait fausse route. Trop d'ombres, trop de nuit ici, des allées mangées par l'obscurité, l'humidité de la végétation qui se condense en brouillard léger. J'ai peur, soudainement : une peur massive, irréfléchie, qui me saisit le ventre et la gorge et les jambes et les mains et l'esprit. La croûte épaisse et rigide de la peur m'enveloppe tout entière, comprime mon souffle, m'empêche de respirer.

La peur naît de l'obscurité derrière un arbre, de l'inconnu tapi derrière le virage d'un sentier.

Mes doigts se remettent à trembler.

Je revois Piotr presque nu,

Piotr souriant,

Piotr tellement sûr de lui.

Je sors du parc, rejoins la sécurité de la clinquante Seventh Avenue. Là, la lumière omniprésente me recouvre comme un châle, comme une chaleur. Une attention bienveillante.

Quelque chose m'a été arraché.
Mon souffle.
Ma joie.
Mon élan.
Je suis incomplète.
Comment faire pour me retrouver?

C'est toute la ville qui me saute au visage alors que je marche de la Septième à la Sixième Avenue, celle qui est surnommée *Avenue of the Americas*. Les gratte-ciel, les taxis jaunes, les bouches d'égout fumantes, les journaux empilés dans des présentoirs que l'on ouvre en glissant une pièce, tout est stéréotypé et tout est incroyable. Je passe devant un vendeur de hot dogs à un dollar, son étal à roulettes campé à l'angle de l'avenue et de la 45e Rue. Il est exactement comme j'aurais pu l'imaginer. Cette ville ressemble à ce que les films et les romans montrent d'elle. En levant les yeux, je ne serais qu'à peine surprise de voir passer Spiderman se balançant de fil en fil ou de découvrir la silhouette de King-Kong escaladant un immeuble. Passe une voiture de police sirènes hurlantes, des jeunes femmes tout droit sorties d'une série sentimentale discutent entre elles, un pet-sitter remonte l'avenue dans ma direction, une dizaine de chiens accrochés à sa ceinture par de longues laisses.

Deux mouettes se poursuivent, tout là-haut, éclairées par les lumières de la ville. N'ont-elles plus la notion du jour et de la nuit ? Que perçoivent-elles du labyrinthe gigantesque qu'elles survolent ? Je les perds rapidement de vue.

New York est un spectacle permanent.

J'aurais tellement aimé parcourir cette ville, aller au Metropolitan Museum, au MoMA, traverser à pied le pont de Brooklyn, prendre le ferry jusqu'à la statue de la Liberté, manger un hot dog sur la plage de Coney Island, flâner dans Central Park, marcher dans Harlem, faire ce que j'avais rêvé de faire.

Qu'est-ce que j'ai cru? Imbécile. On n'a rien pour rien. Les cadeaux, parfois, sont des pièges qui se referment sur la main tendue, des griffes métalliques qui mordent la peau jusqu'aux os.

En un flash, je me souviens de ces histoires de loups qui préfèrent se ronger et se couper une patte prise dans un collet plutôt que d'attendre le passage du chasseur. La douleur plutôt que la mort. Et la liberté.

À l'angle de la 42ᵉ Rue et de Lexington Avenue, j'attends pour traverser que le signal piéton soit vert, je lève les yeux vers le ciel comme, j'imagine, n'importe quel touriste. C'est sans doute la différence entre les vrais New-Yorkais et les étrangers : les gens qui vivent dans cette ville ne regardent plus le sommet des immeubles, ils avancent les yeux baissés. Est-il possible de se lasser de tout ? Les rares fois où je me suis rendue à Paris, j'ai vu la même chose : les Parisiens sont trop pressés pour se rendre compte à quel point leur ville regorge de beautés.

Peut-être est-ce mon attitude qui a attiré l'attention, mais un homme s'approche, il me dit une chose que je ne comprends pas. En vérité, je l'ai à peine remarqué avant qu'il me parle. Je ne quittais pas des yeux le sommet du Chrysler Building, avec ses arches Arts déco comme des rayons de soleil et sa flèche en argent. Sa voix toute proche me fait sursauter, je baisse les yeux, je vois un homme, à un mètre de moi, il porte une doudoune matelassée, ses cheveux sont peignés en arrière et tenus par du gel, il est brun avec des mèches blondes. Il demande quelque chose comme *need help*, besoin d'aide, et ce que je déchiffre de sa phrase me perturbe. Oui, j'ai besoin d'aide, j'ai vraiment besoin d'aide, mais cet homme assez jeune, en surpoids, parle d'autre chose.

Mon hésitation lui a permis de parcourir le mètre qui le séparait de moi, il met sa main sur mon poignet, ou plutôt: il saisit mon poignet. *Tourist?* il demande. *Wanna go for a ride in the city?* Et je vois la voiture, stationnée à deux mètres, moteur tournant, portière arrière ouverte, avec au moins trois autres hommes à l'intérieur qui me dévisagent. Du givre brusquement s'abat sur moi, comprime ma poitrine, glace mon cœur.

Je ne réfléchis plus, d'une torsion je dégage mon poignet et je pars en courant dans la direction opposée à celle de la voiture. Encore une fois, je n'ai pas dit un mot, je n'ai pas crié, je n'ai pas pu, mais je cours, le plus vite possible, je slalome entre les passants; je cours et pourtant je suis certaine d'une chose: l'homme ne me poursuit pas. Au moment où j'ai sprinté, j'ai entendu des rires, le sien, celui du conducteur de la voiture et ceux des autres passagers. De gros rires gras et imbéciles de demeurés ayant réussi à effrayer une fille perdue. Des rires que je hais, que je voudrais faire rentrer dans leur gorge à grands coups de pied. Je tourne à l'angle d'une rue, zigzague sous un échafaudage, puis m'engouffre dans une autre rue. J'ai la présence d'esprit d'emprunter des sens interdits; si jamais la voiture s'est lancée à ma poursuite, elle devra contourner plusieurs blocs pour tenter de me retrouver.

Essoufflée, je m'arrête en me cachant sous le porche profond d'un immeuble. Personne ne me suit. Mon cœur bat à se rompre, j'ai de la glace pilée dans les poumons. Non, personne ne me suit, les rues sont pleines de monde, j'ignore totalement l'heure qu'il peut être. 21 heures? 22 heures?

Il est tôt encore. Je ne risque rien, je me répète que je ne risque rien. Et, soudainement, je pense à ce qui se serait passé si, paralysée par la peur, je ne m'étais pas débattue, si j'étais entrée dans la voiture, coincée au milieu de la banquette arrière entre deux inconnus, deux autres à l'avant. Où m'auraient-ils conduite ? Que m'auraient-ils fait ? Mes jambes fléchissent, je m'accroupis, dos au mur, il me reste encore des larmes puisque j'arrive à pleurer, à cause de types qui veulent s'amuser et qui trouvent normal de tenter d'embarquer une touriste à l'air un peu paumée sur le trottoir d'une des rues les plus passantes d'une des villes les plus animées du monde. Je pleure d'être une proie dans le regard de certains hommes.

Un vieux souvenir me revient, d'un long mercredi après-midi, dans le petit parc au pied de l'immeuble où j'habitais alors, celui qui a été démoli depuis. Je suis suspendue la tête en bas, les jambes repliées sur la barre d'une structure métallique à escalader. Mes amis sont avec moi : Jordan et Norbert miment une course imaginaire, je revois ces deux grands dadais installés sur des motos à ressorts où les petits enfants peuvent se balancer. David se tient en équilibre au-dessus de moi. Nous avons tous les quatre cet âge où l'enfance bascule dans l'adolescence. Le souvenir date d'avant la dissolution de notre amitié, d'avant le jour où Norbert fera une bêtise monstrueuse en apportant au collège une grenade qu'il a trouvée.

C'est David, je crois bien, qui lance la conversation. *Quel superpouvoir vous aimeriez avoir ?* il demande. Immédiatement, Norbert répond qu'il voudrait des griffes en métal, comme Wolverine, pour déchiqueter en petits morceaux tous les types qui l'embêtent. Jordan déclare avec gravité que le superpouvoir qu'il souhaite le plus au monde, c'est une carte d'identité française. Nous baissons les yeux, nous savons qu'à plusieurs reprises sa famille a risqué l'expulsion. Il éclate de rire en voyant nos mines, non, il ajoute, c'est voler dans les airs qu'il aimerait, comme Superman. Et, le poing dressé, il se met à courir en tous sens. J'hésite encore, David répond à sa propre question : il se verrait bien dans l'armure ultra-sophistiquée d'Iron Man. Je dis finalement que j'aimerais être invisible.

David me demande si cela me servirait à ne pas être vue ou à espionner les autres. Je n'y avais pas pensé, je mens en disant que cela doit être super d'être libre d'aller où on veut, de voir ce que l'on veut, sans être remarquée. Norbert saute sur ses pieds, il veut changer de pouvoir, il veut devenir invisible pour se glisser dans les vestiaires des filles. Jordan le traite de pervers, ils font semblant de se battre, nous rions, et je réfléchis au sens de mon mensonge. Ce n'est pas pour épier les autres que je souhaiterais avoir le don d'invisibilité, c'est pour m'évader du regard trop insistant de certains hommes.

Sur les trottoirs, les gens se livrent à une chorégraphie nocturne qui ne me concerne pas. De toutes tailles, de toutes couleurs de peau, de tous âges, bien ou mal habillés, ils traversent les rues, dansent le long de lignes invisibles, s'élancent, cheminent, avancent à petits pas ou grandes enjambées. Il n'y a pas de gestes uniques, chaque marche est singulière. Il a beau être tard, les gens vont et viennent, souriant au monde ou emmurés dans leurs pensées. Deux jeunes femmes aux cheveux strictement noués marchent côte à côte en ne regardant que l'écran de leurs téléphones. Elles croisent sans les voir un groupe de touristes asiatiques en survêtement filmant les sommets des tours. Un homme en impeccable costume cintré hèle un taxi. Son geste : index levé, pouce écarté, équilibre du corps entier sur la jambe droite, pourrait être photographié et servir à l'avenir d'exemple du parfait mouvement à accomplir pour être remarqué par l'un des innombrables taxis jaunes parcourant les avenues. Je n'ai pas le courage de prendre mon appareil et, de toute façon, je n'en ai pas le temps. Un *yellow cab* s'est déjà arrêté et l'homme s'engouffre à l'intérieur. Passent un couple d'amoureux, un homme solitaire, trois jeunes garçons aux visages mangés par l'ombre de capuches, une famille parlant dans une langue que je pense être de l'allemand. Hanches saillantes et moulée dans une longue robe, une femme blonde et frisée joue les Marilyn. Deux hommes se retournent. Un vieil Asiatique discute avec un homme à la peau noire d'une effrayante maigreur. Deux hommes se tiennent la main le plus naturellement du monde, comme partout il devrait être possible de le faire. Les gens vont et viennent. Les gens ont des choses à faire, ils sont attendus, ils rentrent chez eux, ils vont écouter de la musique dans un club, ils flânent, ils ont rendez-vous au café, ils attendent un message de leur amoureux, ils quittent juste leur travail et sont impatients d'aller se coucher. Les gens paraissent tous avoir une destination, un but, un endroit où aller, une place forte où se mettre à l'abri.

Il n'y a que moi qui traîne mes os sur ce trottoir, en attendant je ne sais quel miracle.

Je tourne en rond, je reste dans le *midtown* de Manhattan pour la lumière, la foule. Mais je sais que là non plus je ne suis pas en sécurité, il n'y a pas un seul endroit au monde où une fille puisse être en sécurité si des hommes se trouvent dans les parages.

À cause des garçons, j'ai arrêté de porter des robes dès le CP. Pas à cause de tous les garçons, juste de ceux qui trouvent marrant de jouer à soulever les robes des filles pour connaître la couleur de leur culotte. Je me souviens très bien d'être rentrée en larmes un soir à la maison, maman m'avait questionnée jusqu'à ce que je raconte ce qui s'était passé. Elle avait pris rendez-vous avec l'institutrice, qui n'avait rien trouvé d'autre à répondre qu'*à cet âge-là ce n'est pas bien grave.*

Alors j'ai mis des pantalons et des jeans. S'il faisait chaud, plutôt des bermudas, pas trop courts.

En CP, en CE1, en CE2, en CM1, en CM2, je n'ai plus porté de jupes ou de robes parce que ce n'était pas bien grave à cet âge-là que les garçons veuillent voir la couleur des culottes des filles. Les robes, je les gardais pour les week-ends et les vacances. Les jupes aussi. Ainsi que les débardeurs trop larges, les tee-shirts trop échancrés.

Au collège, le pli était pris. De toute façon, le règlement intérieur interdisait les jupes et les shorts trop courts pour les filles. Au printemps, la longueur des shorts des garçons ne posait aucun problème.

Collégienne, je me suis habillée avec des vêtements à manches longues, des vêtements qui recouvrent la peau, qui cachent et masquent sans jamais bâiller ou laisser entrevoir quoi que ce soit. Les filles en robe, celles qui avaient assez de poitrine pour oser un décolleté, celles qui laissaient entrevoir la bretelle d'un soutien-gorge, les garçons les traitaient de putes. Pas tous les garçons, heureusement, certains garçons.

En sixième, en cinquième, en quatrième, en troisième.

Et notre collège de banlieue nantaise avait beau être calme et tranquille, il valait mieux éviter d'aller seule aux toilettes, de traîner seule sous le préau, de repartir seule vers la cité, de marcher seule sur le trottoir, d'être seule dans la file d'attente du self au moment où tout le monde bouscule tout le monde.

Parce qu'une main qui s'approche d'une fesse, ça arrive.

Parce qu'un groupe de garçons qui se trouve face à une fille seule peut provoquer, siffler, ordonner à la fille de s'approcher.

Parce que ça rit, les garçons, ça raconte que *t'es belle*, ça te traite vite de pute si tu réponds ou de pute si tu ne réponds pas.

Parce que les garçons, ça veut t'embrasser, ça veut te montrer un truc rien qu'à toi, *allez, viens, qu'est-ce que tu risques ? J'ai un truc pour toi, mais il faut un endroit calme pour te le montrer.*

Une fille, au self du collège, ne mange pas de banane, ne prend pas d'esquimaux si par chance il y a des glaces pour le dessert, sinon, après, dans la cour les garçons (pas tous les garçons, certains garçons) viendront lui dire qu'elle aime ça, sucer des bananes ou des esquimaux.

Une fille, si l'on en croit certains garçons, ne doit pas faire de vélo non plus. Les fesses sur la selle, c'est un truc de pute.

Une fille doit être transparente, calme, incolore, silencieuse, les yeux au sol, pour éviter que les garçons (certains garçons) ne la prennent pour cible.

Si elle n'a pas le superpouvoir d'invisibilité, une fille qui ne veut pas d'ennuis doit s'entraîner à la banalité.

Maintenant je suis en seconde ; au lycée, j'ai espéré que cela changerait un peu. Les garçons sont plus vieux, plus mûrs, plus matures. La première fois que j'ai osé porter une robe, en début d'année, j'avais l'impression qu'une catastrophe allait s'abattre sur moi. Mais j'ai tenu bon. J'ai décidé de ne plus agir en fonction d'eux. Depuis septembre, j'ai peu à peu osé m'habiller comme je veux. Il a fallu batailler avec ma mère qui trouvait que mon style changeait. Ce n'était pas mon style qui changeait, cela faisait bientôt dix ans que le regard des garçons m'imposait un style qui n'était pas le mien. Dans ma famille, on m'a toujours traitée de garçon manqué. En début d'année, je suis enfin devenue une fille.

Et tant pis si rien ne change. Certaines choses demeurent immuables. À présent, je me défends. Alors, de temps en temps, c'est *viens là, approche, dis, gazelle, tu me donnes ton 06 ? Viens, je te dis, tu es belle, tu m'entends ? Tu es belle. Tu pourrais répondre quand je te fais un compliment, t'es une vraie pute, toi !* De temps en temps, cela continue comme autrefois : certains garçons lourds et grossiers, vulgaires et agressifs, se sentant supérieurs, croient qu'il est normal d'agir en toute impunité.

La grande majorité de ceux qui me sifflent ou me hèlent sont trop obtus pour simplement comprendre que leur attitude fait d'eux des harceleurs.

Je ne sais pas si la faute revient à la longue histoire de la domination masculine, à la famille, à la religion, à la société. Les filles passent une grande partie de leur vie à se protéger de la stupidité violente et vulgaire des garçons. Sans doute aurait-il fallu que, dès leur petite enfance, les garçons aient entendu autre chose que *ce n'est pas grave, à cet âge-là, ils jouent.*

En descendant la Sixième Avenue, je retrouve cet autre souvenir : un vieux souvenir oublié ou refoulé. Quel âge j'avais ? Douze ou treize ans ? J'étais en sixième, j'en suis sûre, c'était également dans le petit parc au pied de l'immeuble. J'attendais mes amis, j'étais en avance ou ils étaient en retard, je ne sais plus vraiment et cela n'a pas d'importance. Nul enfant ne se balançait sur les motos à ressorts, je ne faisais pas le cochon pendu jusqu'à ce que le sang me descende à la tête, j'attendais, à côté du petit bosquet d'arbres. Lorsque j'étais enfant, c'est sous l'un de ces arbres qu'un jardinier avait été retrouvé, plongé dans le coma, après avoir reçu sur le crâne une bouteille de bière jetée depuis la terrasse de l'immeuble. Pendant des mois, ma mère n'avait plus voulu que j'aille jouer au parc, elle avait peur que cela ne se reproduise.

J'arrive à l'angle de deux rues, je passe devant une vieille église qui paraît minuscule entre deux immeubles si hauts. Je réalise par flashs où je me trouve : c'est comme si j'étais coupée en deux. Une partie de moi déambule dans les rues de New York, et l'autre partie cherche à lutter contre la catastrophe.

J'avais douze ans, j'en suis maintenant sûre ; fatiguée d'attendre, je m'étais assise sur un banc, je m'en souviens

très bien, j'ai entendu un petit bruit, comme un toussote-
ment, je me suis retournée, il était quelle heure? C'était un
samedi. 14 heures? 15 heures? J'ai tourné la tête et je l'ai vu.

Un homme.

J'ai mis quelques secondes à comprendre.

Sa main autour de son sexe.

Son sexe sorti de son pantalon.

Je l'ai vu, et j'ai baissé le regard et je me suis relevée et
je suis partie.

Et j'ai eu tellement honte que je n'en ai parlé à personne.

Devant moi, j'aperçois des policiers équipés d'armes
lourdes, je réalise que la rue qui s'ouvre sur ma gauche est
totalement condamnée: des plaques métalliques montées sur
des sortes de pivots interdisent le passage, aucune voiture ne
peut rouler par là. Je ne sais pas ce qui se passe à cet endroit
précis. Les policiers gardent l'entrée d'un immeuble marron
aussi gigantesque que laid. Je m'arrête une seconde, lève
les yeux. Trump Tower est-il inscrit en lettres dorées sur le
faux marbre marronnasse de l'entrée. Je pouffe de rire, et ce
rire me surprend. Je ne me croyais plus capable de rire. Je
continue ma route au hasard des avenues, le rire peu à peu
disparaît, remplacé par la colère qui revient. Je repense à mon
souvenir. C'est fou, cette honte. Pourquoi, sur le moment,
j'avais ressenti de la honte? Pourquoi face à Piotr j'en ai à
nouveau éprouvé? Comme si c'était ma faute. Comme si
j'étais salie par ce que j'avais vu, par ce que l'on tentait de
me faire. Comme si j'avais attiré ce sale bonhomme avec son

truc à la main. Comme si j'avais mérité que Piotr essaie de me forcer à coucher avec lui.

J'avais douze ans, j'en ai seize.

Il m'a fallu trois ans pour retrouver ce souvenir, pour comprendre que j'aurais dû hurler, regarder le visage de cet homme, mémoriser ses traits, aller à la police, porter plainte, le faire arrêter.

Tout ce dont je me souviens, c'est qu'il souriait, confiant de son impunité.

La Trump Tower est loin dans mon dos, je cours presque, emportée par ma colère. D'une façon ou d'une autre, je me jure que je porterai plainte contre Piotr.

Je me le jure.

Je me le jure.

Je me le jure.

J'ai viré vers l'est, j'aimerais aller sur les quais, au bord de l'Hudson, mais je n'ose pas, je ne sais pas si cela sera éclairé le long de la rivière, je ne sais pas s'il y aura du monde. Je parcours une interminable avenue qui mène, je le comprendrai plus tard, dans l'ultra-clinquant quartier de Broadway avec ses écrans vidéo géants aux couleurs criardes ; je passe devant un fast-food proposant des salades et divers sandwichs au moment où un homme et une femme installés en vitrine se lèvent. J'ai faim et mon regard repère ce qui ressemble à un immense bagel au fromage intact sur le plateau des clients. Je m'arrête. Une petite vingtaine de personnes se trouvent dans la boutique : des gens qui mangent en discutant, trois personnes qui attendent d'être servies, le couple qui a abandonné un bagel et se dirige vers la sortie. Un homme d'une cinquantaine d'années aux cheveux poivre et sel tient la caisse, un jeune homme à la coupe afro sert les clients. J'ai terriblement faim. Je prie intérieurement pour que l'homme et la femme abandonnent leurs plateaux sans aller les vider dans la bouche d'une immense poubelle située à côté de la caisse. Je les regarde remonter la fermeture éclair de leurs vestes, ils parlent, prennent leur temps et se dirigent vers la sortie. J'ose. J'entre lorsque le couple sort. Il fait bon à l'intérieur du restaurant. Meilleur que dehors. Je fais semblant de m'intéresser aux photos des salades affichées au-dessus du comptoir.

En réalité, je ne quitte pas des yeux l'immense bagel : il déborde de légumes et de fromage fondu. Au moment où je tente le tout pour le tout, l'homme qui tient la caisse m'appelle. Je me retourne. Pas de doute, c'est moi qu'il regarde, il dit quelque chose à une vitesse prodigieuse en avalant une syllabe sur deux, je ne comprends vraiment rien, bafouille un *sorry* hésitant. Un grand sourire illumine son visage. *Italian ?* demande-t-il ? *No*, je réponds, *French*, et le jeune homme qui prépare les salades relève lui aussi la tête vers moi. Vous êtes française, dit-il, bienvenue à New York. Un sourire illumine son visage. *Je m'appelle Salif*, ajoute-t-il, *je suis sénégalais. D'où venez-vous ? De Paris ?* Du bout des lèvres, je réponds *Nantes*. À cause de l'odeur de nourriture, mon estomac gargouille. Salif raconte qu'il ne connaît pas Nantes, il n'est allé qu'à Paris. *La France*, il ajoute, *est un pays compliqué. Ici, c'est mieux, si tu travailles, les Américains ne t'embêtent pas*. Et comme il me demande ce que je désire, je craque : dans le désordre, je lui raconte que je suis à la rue, je me suis disputée, je n'arrive pas à dire ce qui s'est vraiment passé, je brode, j'espère qu'il comprendra entre deux mots, j'explique que mon ami a gardé mon argent, mon téléphone, mes papiers et que j'ai faim.

Dans mon dos, une voix demande ce qui se passe. C'est l'homme qui était à la caisse. Avec horreur, je le vois prendre les plateaux abandonnés et jeter l'énorme bagel dans la poubelle. J'arrive à saisir ce que répond Salif : une dispute d'amoureux. L'homme aux cheveux poivre et sel s'approche, son prénom est visible sur son badge : Gerry. Gentiment, il dit *ah l'amour* avec un terrible accent américain. Et il me conseille de retourner voir mon compagnon. Je crois qu'il dit que jolie comme je suis ma dispute ne peut pas durer. Salif ajoute que les filles ne doivent pas se laisser faire par les garçons. Les temps ont changé. Tous deux me sourient et j'ai envie de hurler pour qu'ils cessent de m'adresser des platitudes. Ils sont gentils pourtant, l'un comme l'autre, mais ils n'ont pas compris. Ils n'ont rien compris parce que je n'ai pas expliqué, je n'ai pas dit que Piotr avait tenté de

de

avait

avait tenté

de

je n'arrive même pas à le formuler en pensée. Lorsque je demande à manger, un petit truc, n'importe quoi, les visages de Gerry et de Salif se ferment. Tout bas, d'un ton de voix plus grave, Salif me dit qu'ici je suis en Amérique. Si j'ai de l'argent, j'ai tout ce que je veux. Si je n'en ai pas, il faut en trouver. Et à nouveau il me conseille de retourner voir mon copain. *Dis-lui de ma part que si vous venez dîner ici avant minuit, je t'offre ton dessert.*

Je n'ai pas la force de plaider ma cause, je suis sans doute trop fière pour mendier. C'est l'Amérique, oui. Il faut de l'argent pour que l'on vous fasse un cadeau.

Je salue Gerry et Salif, et je regagne la rue après avoir regardé l'horloge au-dessus du comptoir. Il n'est que 22 h 23.

D'un bond, je rentre à l'intérieur d'un fast-food, je vais directement dans le fond, j'ai de la chance : les toilettes sont occupées. J'attends, une fille en sort, une fille de mon âge qui va rejoindre ses amis ou sa famille et manger à sa faim, rire peut-être, finir la soirée dans son lit à moins qu'elle n'aille avant au cinéma avec sa bande, son clan, sa sécurité, sa protection. Je retiens la porte avant qu'elle ne claque. La fille ne me remarque même pas. La porte des toilettes, comme toutes celles de fast-foods, s'ouvre grâce à un code imprimé sur le ticket de caisse, pour éviter que des gens comme moi ne s'y introduisent.

J'ai une terrible envie d'uriner depuis une heure. À mesure que je me vide la vessie, je pense à Sabriya, à toutes les fois où nous nous sommes faufilées dans les W-C d'un McDo ou d'un Starbucks à Nantes. Elle me manque. Mes amis me manquent. Ma mère me manque.

Longtemps, je me lave les mains, je bois un peu d'eau au robinet. Une personne frappe, je sursaute, je sors, un type entre, lui non plus ne m'a pas vue, et c'est presque une chance. J'aimerais être réellement invisible. D'un pas assuré, en souriant, je quitte le restaurant sans que les gens qui préparent les burgers ou les sandwichs ne lèvent les yeux sur moi. Au moins, je n'aurai pas besoin de m'accroupir entre deux voitures ou dans une ruelle.

Dehors, la nuit est toujours aussi éclairée, animée, bruyante. Manhattan pulse et clignote et vaque à ses affaires sans se préoccuper de moi.

La dernière fois que j'ai voulu mourir, j'étais en CE2. Une fille, j'ai oublié son prénom, avait fait exploser une cartouche d'encre dans mon dos, sur mon pull-over. Sur le moment, ce qui était certainement une maladresse et non une malveillance m'avait totalement anéantie. Le pull était neuf, je ne sais plus à quoi il ressemblait. Ma mère manquait d'argent, et voilà qu'un vêtement neuf était bon à mettre à la poubelle. Je n'osais pas rentrer chez moi. J'ai tenu le choc en classe, je n'ai rien dit à l'institutrice, j'ai accepté les excuses de cette fille maladroite et je me suis cachée pour pleurer dans un coin de la cour de récréation, sous le préau, là où les agrès de sport étaient stockés, là où je m'imaginais que personne ne me verrait. Je crois me souvenir que j'avais décidé à ce moment-là de ne pas rentrer chez moi, d'aller jusqu'au pont derrière la cité, le très haut qui franchit la Loire, et de me jeter dans le fleuve. Comme quand j'étais bien plus petite et que je voulais parfois disparaître pour ne pas avoir à surmonter un chagrin. Ainsi, je me disais, les gens seraient tristes et ne penseraient pas à me gronder.

À l'époque, c'est David qui m'a trouvée là, prostrée, nous étions voisins d'immeuble, nous faisions le trajet parfois ensemble jusqu'à l'école primaire. Je ne sais plus trop ce qu'il m'a dit. Des choses banales et simples. Je crois qu'il a voulu savoir pourquoi je pleurais, et quand, après m'être mouchée plusieurs fois dans mes doigts, j'ai fini par lui raconter mon pull irrémédiablement taché, il a froncé les sourcils et a déclaré que ce n'était pas si grave, que si j'avais trop peur de l'avouer à ma mère il me donnerait un autre pull, un à lui, il en avait plein.

Le souvenir s'arrête là, j'ai longtemps cru que cette scène serait gravée à tout jamais dans ma mémoire, mais non, j'ai oublié la plus grande partie des détails. Le soir, je suis certainement rentrée chez moi, j'ai dû avouer à ma mère que mon pull était foutu et que j'avais eu envie de disparaître. Et là, le souvenir se reprécise : ma mère m'a attirée contre elle, elle m'a prise sur ses genoux, et elle m'a raconté une chose terrible. Quand elle était enfant, loin, dans l'est de la France, elle avait mon âge, une fille de son école s'était pendue dans la grange de la ferme où elle vivait avec sa famille. Elle avait perdu une pièce de monnaie que sa mère lui avait donnée le matin pour acheter le pain au retour de l'école, et elle n'avait pas voulu se présenter devant ses parents pour l'avouer. À la fin des cours, elle avait dû se rendre compte de la perte de la pièce, elle était rentrée chez elle, elle avait filé directement dans la grange, elle avait écrit « Pardon pour l'argent du pain » sur une feuille de cahier, et elle était morte.

Tandis que ma mère me racontait cette histoire, sa voix tremblait d'émotion. Pourtant, elle ne connaissait pas cette fille, l'école avait beau être en pleine campagne, il y avait plusieurs centaines d'élèves. La fille était bien plus jeune, une CP. Ensuite, une enquête avait été ouverte, il avait été démontré que cette gamine n'avait pas eu la vie facile : son statut de fille dans une fratrie de cinq garçons l'obligeait à toutes les corvées, bien qu'elle soit la petite dernière. La police avait soupçonné des maltraitances. Mais c'était une autre époque, avait conclu ma mère. Avant de me dire l'une de ces phrases que l'on n'oublie jamais : *aucun objet n'est plus important qu'une vie*. Dans les jours qui avaient suivi, ma mère avait teint mon pull en bleu. La tache se voyait encore, mais moins, et je suppose que j'ai continué à le mettre. Cette histoire a aussi été le début d'une belle amitié avec David, le garçon qui m'avait consolée. Nous nous sommes suivis de classe en classe, même au collège, et nous avons été bien plus qu'amis. Puis, je ne sais pas trop pourquoi, nous nous sommes éloignés. De temps en temps, nous likons nos publications sur les réseaux sociaux. Il est toujours l'un des premiers à aimer mes photos. À la démolition de l'immeuble, il est parti vivre en centre-ville avec ses parents. Bref, tout cela aussi est une autre histoire. Et si j'exhume ces vieux souvenirs, c'est bien parce que je ne veux plus me mettre dans un trou et disparaître. Je veux que le monde entier sache ce que Piotr a tenté de me faire. D'une façon ou d'une autre, il assumera les conséquences de ses actes.

Avec violence me vient une pensée qui aussitôt me révulse et m'effraie, une pensée qui est comme un sac rempli de pierres qu'il faudrait porter sur mes épaules, des cailloux coupants, durs, froids et insensibles qui finiraient par m'écraser au sol et me priver tout à fait de mouvement. Je ne sais pas où s'est formée cette pensée, quel chemin elle a parcouru avant de se présenter, ignoble, dans mon esprit. Une seconde, je me suis dit, et après tout, pourquoi ne pas accepter ? Rentrer me mettre en sécurité et donner à Piotr tout ce qu'il souhaite, me soumettre pour ne plus avoir à lutter contre la nuit, contre la faim, contre la fatigue, contre la peur, contre ce qui pourrait arriver de pire. Et déjà, j'ai la chair de poule de savoir qu'une part de moi serait capable de baisser les bras. Je préfère encore m'emplir les poches de pierraille et traverser l'Hudson à la nage, je préfère geler sur place, je préfère les torsions de mon estomac, je préfère l'éventuelle menace d'une rue prochaine ; mais pas Piotr, pas la victoire de Piotr, pas cette issue-là.

Est-il envisageable que certaines personnes désespérées aient choisi de se jeter dans les bras de leur bourreau plutôt que d'affronter l'incertitude ?

Tout est possible.

Je comprends que je suis constituée à parts égales de force et de faiblesse. Mais cette nuit, ce sera la force qui gagnera.

J'enfouis ma pensée au plus triste de moi. Elle ne reviendra plus me visiter. Mes épaules s'allègent d'un poids immense. Je gagnerai.

Mes mains, dans les poches de ma veste, sont serrées en poings. Il est hors de question qu'elles tremblent à nouveau.

Une dame passe, là, elle me frôle sans me voir, elle tient la main d'une fillette, une toute petite fille, je les regarde parce qu'il est tard, bien trop tard, la gamine devrait dormir, et je ne sais pas pourquoi, je pense à ma grand-mère, je nous revois, je suis encore une enfant, je suis en vacances une semaine chez les parents de maman, dans la Sarthe, je suis dehors, je cours du matin au soir dans les champs qui environnent leur ferme. Maman dit qu'elle m'envoie prendre l'air. De l'air, pourtant, il y en a en ville, dans l'immeuble où nous habitons le vent souffle souvent. À la campagne, je vais faire le plein d'espace et de vert.

Mamie aime me mesurer chaque fois que je viens. Elle prend un mètre ruban, le déroule contre le montant d'une porte, me fait me plaquer au chambranle ; il ne faut pas que je triche et que je tente de me mettre sur la pointe des pieds, mes talons comme ma tête doivent toucher le bois. Elle pose un livre sur le sommet de mon crâne et fait un petit trait au crayon. Quand je recule d'un pas, elle note ma taille et la date. Les premiers traits, tout en bas, ont commencé à s'effacer avec le temps.

Tu pousses comme les herbes dehors, elle me dit.

Je suis fière d'être une herbe sauvage et libre.

Je souris, ce souvenir tient chaud, mamie m'a aidée à me

payer ce voyage, je suis une herbe sauvage libre, je ne vais pas sombrer, pas me laisser aller, pas me laisser faire. La dame traverse la rue, la petite fille tourne la tête vers moi, je lui souris, une capuche lui masque le visage, je ne vois pas si elle me sourit en retour. Peu importe.

Je ne photographie pas pour avoir des souvenirs. Je sais bien qu'une fois attrapés et figés ceux-ci s'estompent. Plus on a de photos ou de films d'un moment, plus il devient étranger. Lorsque je regarde des clichés de moi enfant, je ne vois que des scènes factices et un visage que je ne reconnais pas. Les photos sont des peaux mortes. Elles sont la surface des événements, elles ne disent rien des profondeurs. Je me souviens d'éclats de rire, de fous rires, même, mais les images où je ris sont des fictions. La joie est partie.

Je prends des photos pour voir ce que je ne verrais pas autrement, pour faire apparaître des scènes, des couleurs, des ambiances que je n'aurais pas remarquées sinon. Ce ne sont ni des souvenirs ni des informations que je cherche à capter, ce sont des étonnements, des choses qui m'auraient échappé. Mon appareil compact tient dans la poche de ma veste, il me permet de faire la mise au point manuellement, de choisir un cadrage, un angle de vue, une profondeur de champ, et pourtant j'ai l'impression de ne pas maîtriser grand-chose. Mes plus belles photos, je les ai découvertes sur l'écran de l'appareil après coup. Elles n'étaient pas dans le viseur. J'ai été surprise. L'image ne rendait pas ce que je croyais qu'elle allait rendre. L'appareil avait saisi une chose que mon regard n'avait pas repérée : un accident ou une maladresse a fait de la photo quelque chose de bien plus important qu'un simple cliché. Et je suis la première étonnée. Il ne faut pas que je tente de tout contrôler, de tout maîtriser. Prendre des photos demande un œil, sans doute. Je ne sais pas si je suis douée. Aujourd'hui, avec un téléphone, tout le monde peut produire des images, ajouter des filtres, des effets, des déformations. Je ne fais jamais de selfies, jamais. Déjà, je n'aime pas me voir. Ensuite, mon visage n'a aucune importance, ce n'est pas lui qui va me surprendre. Je n'ai pas besoin de me photographier dans l'avion pour savoir que j'ai pris l'avion.

Je crois que pour faire des photos il faut être dans un bon état d'esprit. Je ne me préoccupe que de quelques réglages de base, et je m'en remets à la chance, je pense, tout en appuyant pile au moment où un hélicoptère passe entre les sommets de deux immeubles. À l'écran, l'appareil a disparu, je ne distingue que ses lumières ; je zoome, l'image est granuleuse : une boule de lumière est suspendue entre deux parois de verre où elle se reflète. Là où j'avais vu une chose précise, un stéréotype de New York, l'appareil a enregistré une scène quasi abstraite, belle et troublante.

Je souris.

Je range mon compact, j'ai froid aux doigts. J'en ai assez du faste et du clinquant de Manhattan. Je vais essayer de rejoindre une station de métro.

Il faut que je retourne à Brooklyn pour récupérer mes papiers, mon argent, mon téléphone.

Je respire un grand coup.

Il faut que j'aille affronter Piotr.

Dans le métro, à nouveau lovée sur la coquille orangée d'un siège de plastique, j'ai décidé d'y aller, je ne vais pas passer la nuit à marcher, je suis épuisée, je suis affamée, j'ai été séquestrée, je suis la victime, je ne me cacherai pas une minute de plus, j'ai subi une tentative de viol,

j'ai subi une tentative de viol

j'arrive enfin à assembler ces mots dans ma tête

tentative

de

viol.

Il m'a fallu des heures avant d'être capable de penser ces mots sans qu'ils ouvrent un abîme dans lequel j'aurais chuté.

J'ignore quelle heure il peut être, sans doute 2 ou 3 heures du matin. Dans la rame, des jeunes gens rient et discutent bruyamment, peut-être vont-ils à une fête ? Ou en reviennent-ils ? Ou passent-ils d'une soirée à une autre ?

Plus loin, un Juif orthodoxe en grand manteau noir, coiffé d'une toque, lit une minuscule bible ; je vois ses lèvres qui bougent, il marque chaque retour à la ligne d'un hochement de tête.

Nous sommes arrivés à l'aéroport de La Guardia dans le vol en provenance de Montréal vers midi. Le temps de récupérer les bagages, Vanessa a réservé un Uber sur son téléphone. À 13 heures, nous étions installés dans l'appartement : une chambre avec un lit, un salon avec un canapé dépliable et un coin cuisine, une petite salle de bains ; le tout au premier étage d'une maison divisée en trois minuscules appartements. En entrant, je n'ai pas bien compris ce qui se passait, je ne voyais pas comment nous allions tenir à trois dans un si petit espace, surtout qu'il n'y avait que deux couchages, et j'ai compris que je resterais seule avec Piotr. Vanessa, elle, serait à l'hôtel. Elle rejoignait quelqu'un, et elle ne voulait pas s'embarrasser de deux ados. Personne n'avait jugé bon de m'en informer. Piotr m'a proposé la chambre, il m'a dit qu'il dormirait dans le canapé. Devant sa mère, il est resté gentil et prévenant.

Pendant que nous défaisions nos bagages, Vanessa est allée au coin de la rue faire quelques courses pour nous. L'appartement n'avait aucun charme, il était petit, il sentait un peu le renfermé. La fenêtre de ma chambre donnait sur une sorte de ruelle où des vieux matelas pourrissaient sur des vieilles machines à laver, mais je n'en revenais pas d'un tel luxe : Vanessa avait loué un appartement rien que pour nous. Une fois les courses rangées dans le frigo, nous sommes très vite descendus à pied au métro, Vanessa avait envie de marcher, il nous a fallu une vingtaine de minutes pour rejoindre la station de Myrtle Avenue, vers laquelle je roule de nouveau. J'ai eu beau protester, Vanessa a tenu à m'offrir un passe illimité pour la semaine. Tout paraissait irréel. Piotr et elle avaient dormi durant le vol ; énervée et ne voulant rien louper d'un vol transatlantique, j'avais à peine sommeillé. Je les suivais dans un petit brouillard moelleux. Rien dans le spectacle des rues ne semblait les étonner, alors je gardais mes émerveillements pour moi. Vanessa comme Piotr renouaient avec un décor familier.

Des cris plus forts attirent mon attention. Un jeune homme noir, au look années 1970 avec un grand chapeau, des perles autour du cou et un jean pattes d'éléphant vient de monter dans la rame. Apparemment, il est célèbre. Plusieurs personnes lui demandent s'il accepterait de faire un selfie en leur compagnie. Gentiment, il prend la pose, glisse son bras autour des épaules de celles et de ceux qui se photographient avec lui. Je replonge mes yeux vers mes mains. Elles ne tremblent plus.

Nous sommes sortis du métro sitôt franchi l'East River, Vanessa voulait retrouver les panoramas de New York. Je la sentais surtout impatiente de nous laisser pour courir à son rendez-vous. Encore une fois, je l'ai trouvée terriblement belle, elle souriait en me montrant comment me repérer dans les couloirs du métro. Nous sommes descendus vers les berges du fleuve, la ville était partout, gigantesque, haute, impressionnante. Brooklyn vu de Manhattan est un horizon industriel et urbain. Dans mon dos, les sommets de New York m'appelaient.

Vanessa avait gardé un petit sac, très vite nous sommes remontés vers la station, elle nous a suggéré de rentrer nous reposer, il était déjà 16 heures. Elle reviendrait demain matin, vers 9 heures, et nous emmènerait faire le tour de la ville.

Je relève la tête, le groupe bruyant est descendu sans que je m'en rende compte. Je suis maintenant quasi seule dans la rame. Je crois que je vais bientôt arriver à Myrtle Avenue. Il me manquerait plus que je loupe mon arrêt.

Au retour, le métro était bondé. Piotr s'est collé à moi en riant, je l'ai repoussé en riant moi aussi. Aucune alarme ne s'était encore allumée dans mon cerveau. Nous avons parlé de Vanessa, j'ai dit une chose comme *c'est beau de la voir amoureuse*. Piotr a éclaté de rire. *Elle veut surtout baiser*, il m'a répondu. Je n'ai rien dit, j'étais choquée d'entendre un fils dire ça de sa mère, mais j'ai gardé mes réflexions pour moi. Je ne voulais pas paraître coincée ou moralisatrice.

Nous sommes remontés vers l'appartement. Apparemment, il y a possibilité de prendre une autre ligne pour arriver plus près, mais Piotr avait la flemme de regarder le plan. Fatiguée et désorientée comme je l'étais, je préférais refaire exactement le même trajet.

Nous avons marché plus lentement. En chemin, j'ai sorti mon appareil photo, j'avais totalement oublié qu'il était dans ma poche. Je n'avais pas pris un cliché depuis mon arrivée en Amérique, cela me ressemble peu. Dans la rue, j'ai photographié Piotr qui a fait le malin et s'est suspendu à un réverbère. Plus loin, nous sommes passés devant ce que j'ai d'abord pris pour un parc et qui était en fait un grand jardin collectif.

Plusieurs personnes arrachaient des mauvaises herbes pendant que d'autres discutaient, assises sur des bancs. Une femme, voyant que je l'observais, nous a salués et nous a fait signe d'entrer. Le jardin était séparé de la rue par une simple palissade de bois, à cette heure le portail restait grand ouvert. J'ai pris là ma seconde et dernière photo de la journée d'hier. La femme éclatant de rire, un râteau à la main, dans une allée soigneusement entretenue où de jeunes pousses commençaient à apparaître. Tout sauf une image de New York, j'ai pensé. Elle m'a dit ce qu'elle cultivait, mais je n'ai pas compris le mot.

Je descends lentement l'escalier de la station aérienne de Myrtle. L'horloge au-dessus du guichet fermé indique qu'il est 3 h 23 du matin. En bas, les rues sont désertes. Une ou deux voitures passent à toute vitesse. Avec prudence, je traverse l'avenue. Je cherche des yeux le type que j'ai pris en photo hier soir en m'enfuyant, l'homme urinant contre une vitrine. Plusieurs personnes dorment à même le sol, enveloppées dans des cartons. Peut-être est-il l'une de ces silhouettes?

De retour à l'appartement, j'ai voulu prendre une douche. Piotr m'a dit que cela serait mieux, en effet, qu'il préférait que je sente bon. J'ai ri. Lui aussi. Il m'a retenue d'une main sur l'épaule. Il cherchait ses mots, il m'a demandé si cela me disait de prendre ma douche avec lui. J'ai hésité un court instant, non pas parce que sa proposition m'intéressait, mais je cherchais à savoir s'il était sérieux ou non, si je devais m'inquiéter ou non, et, comme il a éclaté de rire, ç'a chassé mon appréhension. J'ai cru à une blague un peu lourde. Quand je suis entrée dans la salle de bains, je l'ai vu se vautrer sur le canapé, une canette de Pepsi à la main. J'ai repensé à la question de maman. *Piotr, c'est ton copain ?* Je l'ai observé une seconde, il était absorbé par son téléphone. J'ai bien été obligée de m'avouer que, d'une certaine façon, il me plaisait.

Je marche et je lutte contre la peur. Jamais à Nantes je ne me suis retrouvée seule dans les rues à plus de 3 heures du matin. Je ne veux pas que la croûte de peur me paralyse à nouveau. Dès que je quitte l'avenue principale pour remonter vers le nord, je respire un peu mieux. Les rues sont éclairées, il n'y a personne, juste des maisons où des gens dorment. C'est la quatrième fois que je fais ce trajet à pied depuis hier après-midi ; au moins, je sais que je ne vais pas me perdre.

Quand je suis sortie de la salle de bains, Piotr est allé prendre une douche à son tour. J'en ai profité pour vider ma valise, mettre mes vêtements dans un placard, me connecter avec mon téléphone sur le réseau internet de la location et envoyer un petit message destiné à rassurer ma mère.
Et à nouveau, pour qu'elle ne s'inquiète pas, je lui ai menti en lui écrivant que j'avais rencontré les cousines américaines et qu'elles étaient sympas.

Je remonte vers l'appartement, je n'ai aucun plan, aucune stratégie, je veux récupérer mon passeport, mon téléphone, mes affaires. Plus jamais je ne serai faible.

Du bruit dans le salon a attiré mon attention, Piotr avait fini de se doucher, il devait être 18 heures, avec le décalage horaire j'étais affamée, je suis sortie de la chambre pour évoquer avec lui comment on allait organiser notre soirée.

Il portait juste un caleçon, je crois bien que j'ai rougi, mais j'ai ri, l'appartement était trop chauffé, en effet, je lui ai demandé s'il avait perdu sa valise et ses vêtements.

Avec lenteur, il s'est retourné vers moi, il ne paraissait absolument pas embarrassé d'être presque nu, il m'a dit que l'on était enfin tranquilles, que la soirée allait pouvoir commencer. Je n'ai pas eu le temps de répondre, il s'est avancé, et il a cherché à m'embrasser.

Quelque chose comme de la glace a remplacé mon sang.

Tout le reste est là, en moi. Chaque seconde, chaque geste, chaque esquive : la montée progressive de la violence, la tétanie qui m'a engourdie, la peur qui a fini par me délivrer.

J'ai tout en moi.

Je remonte vers le quartier de Bushwick.

Je pleure à nouveau.

Maintenant que j'ai ouvert la porte aux souvenirs, ils déferlent.

Piotr qui tente encore de m'embrasser.

Moi qui le repousse en silence.

Piotr qui me pousse contre le mur du salon.

Piotr qui met ses deux mains sur mes hanches.

Piotr qui me dit qu'il a envie.

Piotr qui ajoute qu'il sait que moi aussi j'ai envie.

Piotr qui fait glisser ses mains sur mes fesses.

Piotr qui essaie encore une fois de m'embrasser.

Et moi qui bouge si peu, qui me défends si mal, qui entends à peine ce qu'il dit tellement mon cœur bat fort dans mes oreilles.

Je n'arrive pas à le repousser, je pense que j'ai eu une bonne idée d'enfiler un jean. Si j'avais eu une robe il l'aurait soulevée trop facilement.

La langue de Piotr passe sur mes lèvres et ses mains sont maintenant sur mes seins.

Là encore, je me dis que mon tee-shirt et mon soutien-gorge me protègent.

Je ne sais où je trouve la force de le chasser, il recule de deux pas.

Allez, il fait, et il me dit qu'il bande. Il répète qu'il sait que j'ai envie.

Je réponds *non*, mais d'une si petite voix que je crois qu'il n'entend rien. Je suis assourdie par les battements de mon propre cœur.

Piotr se rapproche et d'un bond je lui échappe. J'agis comme une mécanique, comme si ce n'était pas moi. Je me vois lui échapper, je ne me sens pas bouger. Je me vois me ruer vers la porte de la chambre, la claquer derrière moi, regarder la poignée, constater qu'il y a un verrou, le tourner, et m'effondrer au sol au moment où il donne un grand coup de poing dans la cloison.

Les dix minutes suivantes, je reprends mon souffle – j'avais totalement oublié de respirer – pendant que Piotr m'insulte au travers de la porte ou donne des coups de pied dedans.

Sale coincée, il crie. Ouvre. *Ne fais pas ta pucelle,* il dit, *ouvre, tu as envie.*

Une ou deux minutes plus tard, il se calme, il me parle, au bruit de ses déplacements, je crois qu'il s'est adossé à la porte de ma chambre, il ne cesse de parler, je voudrais qu'il se taise pour pouvoir réfléchir, mais il parle tout le temps. Il me demande pour qui je me prends. Il me dit qu'il est grand temps que je me fasse sauter. Il m'explique la situation : il m'offre des vacances, je suis nourrie et logée, je pourrais être reconnaissante, je pourrais être gentille. Il ajoute que ce qui se passe en Amérique reste en Amérique. Si je ne veux pas d'un petit copain, ce n'est pas grave, au moins on peut s'envoyer en l'air, une fois revenus en France on fera comme si rien n'était arrivé.

Je cherche mon téléphone. Je l'avais à la main lorsque j'ai rejoint Piotr dans le salon, j'ai dû le poser quelque part sur le bar du coin cuisine. L'absence de mon téléphone me donne envie de pleurer. J'aimerais appeler maman, là, tout de suite. J'aimerais appeler Vanessa, elle a une carte SIM américaine, j'ai enregistré son numéro en cas de problème.

La pensée que j'aie pu le trouver attirant tout à l'heure me glace le sang. Pourquoi faut-il que cela se passe comme ça ? Pourquoi n'a-t-il pas eu la patience, la douceur, la bien-veillance et la délicatesse d'essayer de me séduire ?

La voix de Piotr glisse constamment du calme à la colère et de la colère au calme, il me dit que je suis belle, il me dit que je ne dois pas avoir peur, il me dit que je vais aimer baiser avec lui, il m'ordonne à plusieurs reprises d'ouvrir la porte.

Puis, comme je ne réponds pas, il s'excuse, raconte qu'il est amoureux de moi depuis le collège, qu'il a été maladroit, qu'il regrette. Il finit par se taire ; une minute passe, puis deux, puis trois, et moi, pauvre idiote, j'ouvre la porte.

La gifle me prend par surprise. Je ne sais pas si j'ai eu vraiment mal, je ne m'y attendais pas, je ne croyais pas qu'il ferait ça.

Je titube et il est là, devant moi, toujours en caleçon, son visage transformé en un masque de pure haine.

Une pensée a le temps de me traverser l'esprit : je me demande si dans le fond le visage déformé de Piotr n'est pas son vrai visage, un visage qu'il cache tout le reste du temps.

Qu'est-ce que tu crois, il dit, *que ma mère va tout payer sans que tu me donnes rien en échange ?*

Ce qui est fou, c'est que je le vois, je l'entends, j'ai mal, j'ai la joue en feu, j'ai peur, et une partie de moi croit toujours qu'il va éclater de rire, qu'il va me dire que c'est une mauvaise plaisanterie.

À nouveau, il se jette contre moi, je l'évite, il attrape mon poignet, je tire, ma peau me brûle à l'endroit de la friction, mais il me lâche. Je cours jusqu'à la porte d'entrée de l'appartement, elle est fermée à clé.

Je remonte vers Bushwick, c'est un miracle que je ne me sois pas perdue. J'ai remonté la fermeture éclair de ma veste le plus haut possible. Je suis une silhouette, je repense à nouveau à cette vieille histoire de superpouvoir, j'aimerais parvenir à l'invisibilité totale. L'épuisement est tel que je ne ressens plus ma faim, j'avance, comme une zombie, le long d'un fil fragile qui peut se rompre à tout moment. Lorsque Piotr m'avait annoncé dans quel coin nous serions logés, j'avais entré le nom sur un moteur de recherche. Bushwick est un ancien quartier industriel avec des entrepôts, des garages, peu à peu transformé en lieu de vie. Au fil des ans, Bushwick s'est gentrifié pour devenir le quartier emblématique du street art. J'avais longtemps navigué d'image en image en rêvant au plaisir que ce serait de voir les fresques en vrai. Là, de nuit, j'ai à peine le courage de relever la tête. Je longe un mur où deux crânes vont s'embrasser. L'un des crânes arbore une longue chevelure blonde, l'autre est brun et impeccablement coiffé. Le fond est criblé de petits points réguliers. Je reconnais la citation, j'ai étudié le tableau original en classe, le graffeur qui a fait cette fresque s'est inspiré de Roy Lichtenstein, un peintre new-yorkais, je crois bien, qui lui-même piochait les motifs de ses œuvres dans des planches de comics. Il s'amusait à peindre les défauts de la quadrichromie :

des couleurs qui bavent un peu, des points colorés grossiers. Il fait trop nuit pour que je puisse photographier la fresque. Elle m'arrache un sourire, l'art populaire des comics devenu de l'art contemporain exposé dans des musées redevenu de l'art populaire peint sur un mur. Je ne sais trop ce qu'a souhaité exprimer celui qui a bombé cette fresque. Je regarde ces deux squelettes aux coiffures parfaites prêts à s'embrasser. Peut-être a-t-il voulu dire que l'amour finit toujours par mourir ? Vanessa serait fière de moi, j'ai de la culture, ce n'est pas comme avec mon livre d'un auteur de la côte Ouest qu'il semble ridicule de vouloir lire sur la côte Est.

Je sens la colère m'envahir. D'une certaine façon, c'est une bonne nouvelle : s'il me reste des réserves de colère, c'est que j'ai encore de l'énergie.

Brusquement, à l'angle d'une rue, je vois une bande de garçons, des Latinos, habillés comme dans les films : doudoune, survêtement. L'un d'eux porte même une résille sur la tête. Leur présence m'arrache à mes pensées. Ils sont quatre, que des garçons bien évidemment, les filles ne traînent pas dans les rues à 3 heures du matin, ni seules ni en bande.

Rebrousser chemin serait plus dangereux que continuer ma route. Avec l'espoir qu'ils m'ignorent, j'avance.

À mon passage, j'entends : ¡*Mira la chica! Que guapa está.* Je sens que je me verrouille entièrement, c'est à peine si j'ose respirer. Je ne voudrais pas avoir peur, mais j'ai peur, et je m'en veux d'avoir peur. Encore une fois je pense à l'envers. Je n'ai pas de raison de me sentir coupable, ce sont eux qui ricanent, eux qui me provoquent. J'entends l'un des garçons dire *Tantos curvas y yo sin frenos,* je traduis, un peu trop lentement dans ma tête, Tant de courbes et moi sans les freins. Si ce n'était pas vulgaire, si je ne sentais pas leurs regards me déshabiller, ça en serait presque drôle. Un autre, le plus grand, le plus massif, me siffle et me pose une question. *¿De qué juguetería saliste muñeca?* Involontairement, j'ai ralenti, je saisis le sens général, il me demande de quelle boutique de jouets je suis sortie, il me traite de poupée, et là, je ne sais pas ce qui me prend, je me retourne et les dévisage. Chacun d'eux fait entre trois et quatre fois mon poids, je suis un moucheron, ils m'écraseront s'ils le décident. *¿Nunca a visto a une chica?* je demande. Et je crie que je ne suis pas une poupée *¡No soy una muñeca!*

Si je n'ai jamais été forte en anglais, je comprends et parle facilement l'espagnol, ma deuxième langue au collège. Les garçons hésitent un instant, ils n'ont pas l'habitude qu'on leur réponde, qu'on leur résiste. L'un d'eux marmonne une chose trop vite pour que je la saisisse, ils rient mais sont nerveux, et moi, je me sens hors de moi, alors je continue de m'énerver, je leur dis que j'en ai marre de ne pas faire deux pas sans qu'un regard me détaille comme si j'étais un article dans un magasin, j'en ai marre des phrases, des regards sur mon cul, des sifflements, des rires. J'en ai marre des plaisanteries, des faux compliments scabreux. À court de vocabulaire, je me tais. Je suis essoufflée, j'ai dû faire faute grammaticale sur faute grammaticale, mais ils ont compris. Tout en beuglant, je me suis approchée. Tous les quatre sont plus jeunes que je ne l'aurais cru, je ne donne pas plus de seize ans au plus âgé. J'ai le temps de me dire que s'ils font partie d'un gang je suis morte. L'un d'eux ricane, mais le plus grand, celui qui doit peser au moins quatre fois mon poids, celui qui m'a comparée à une poupée, l'interrompt. Il me demande d'où je viens, sa voix est posée, je réponds que je suis française, il me félicite pour mon espagnol, s'excuse, les Américains ne parlent pas un mot d'une autre langue que l'anglais. À nouveau il s'excuse, dit que ce n'étaient que des *piropos*, et je me souviens d'un cours en début d'année, où notre professeur avait évoqué ce mot. Notre professeur est une femme, bien entendu, Mme Monelle. Elle racontait ses voyages en Amérique latine, et, comme elle est jeune, séduisante et belle, elle racontait les sifflets dans la rue, les dragues lourdes et maladroites, les remarques. Un *piropo* est un compliment qu'un type lance à une fille dans la rue, avec des sous-entendus sexuels. Il existe même un verbe pour exprimer cela : *piropear.*

Le plus jeune, celui qui ricanait, veut ajouter une chose, mais un seul regard du plus âgé suffit à le faire taire. Visiblement, il y a un chef dans la bande. Avec politesse, tous me souhaitent alors une bonne nuit. Ce n'est que lorsque j'ai parcouru une quinzaine de mètres et tourné à l'angle d'une autre rue que j'entends combien mon cœur bat vite et fort. Je relève la tête, m'arrête une fois les garçons hors de vue. Dans mon dos, partiellement visible grâce à l'éclairage public, sur un mur, une Madone tout droit sortie d'un tableau de la Renaissance tient dans ses bras un Jésus stylisé bombé à la façon de Keith Haring. Ce n'est pas de cette façon que j'aurais aimé découvrir les trésors de Bushwick.

Une fois que je suis seule, les souvenirs se jettent sur moi.

Avec calme, Piotr m'annonce que la porte est fermée à clé, qu'il a caché mon téléphone, mon passeport, ma carte bancaire, mon argent.

Allongé sur mon lit, il ne bouge plus, j'entends sa voix et mon cœur charrie un liquide glacé, je n'ai plus une goutte de sang en moi.

Mécaniquement, toujours, je vérifie dans la poche intérieure de ma veste, accrochée à une patère. Mon portefeuille ne s'y trouve plus.

De la chambre, Piotr m'appelle.

À nouveau, je tente d'ouvrir la porte, comme si – par miracle – elle allait se déverrouiller d'elle-même.

Lorsque je me retourne, Piotr est là, ridicule et terrifiant dans son caleçon.

Dis-moi juste que tu ne veux pas, il me demande.

J'ai envie de hurler, j'ai besoin de crier, je veux lui répondre, je veux lui cracher à la figure que je ne veux pas, pas comme ça, pas là, pas de cette façon, pas avec lui, pas dans cette situation, pas avec cette violence, mais les mots,

oh,

les mots

me trahissent,

comme ma bouche

aussi

me trahit.

Je n'arrive pas à parler, je suis muette. Piotr s'avance dangereusement, il approche de moi son visage inconnu, il m'ordonne de ne pas être bête, il me dit que si je ne voulais pas il ne fallait pas venir à New York avec lui, que je savais très bien ce qui allait se passer, que je suis conne d'en faire une montagne.

Ce sont ses mots : une montagne.

Tandis que mes mots à moi ont disparu, qu'il ne me reste qu'un grand vide muet pour me défendre.

Dis juste non, et je te laisse, il fait.

J'ouvre la bouche, rien ne sort de ma gorge. Je vois le mot NON comme s'il flottait dans l'air, un gaz impossible à saisir, impossible à attraper. Inatteignable.

Piotr s'arrête à un mètre de moi, ses yeux dans les miens.

Allez, il ajoute, *on tire un coup.*

Et sa vulgarité me permet de prononcer une phrase, une toute petite phrase.

Laisse-moi partir, je supplie d'une voix brisée ; j'ai du verre pilé dans la gorge.

Un large sourire fend son visage. Il se dirige vers le placard du coin cuisine, l'ouvre, prend le trousseau de clés.

Et tu vas aller où sans affaires, sans argent, sans passeport ? il demande.

Sa voix me parvient à peine, je ne vois que les clés dans

sa main, je me dis que si je me jette sur lui je réussirai à les lui arracher, je veux bondir, je ne bouge pas, mon corps est complice de ma gorge.

Où vas-tu aller ? il répète, *la nuit va tomber, tu vas te perdre, tu vas te faire agresser.*

Je suis certaine qu'il a dit ça ; sur le moment, j'ai tellement peur que je n'y prête pas attention, il évoque la possibilité d'une agression dans la rue alors qu'il est en train de m'agresser dans cet appartement.

S'il te plaît, j'ajoute.

Piotr éclate d'un rire mauvais, il hésite un instant, un très long moment, une éternité ; finalement, il me lance les clés, je les rattrape mal, je ne contrôle plus mes mouvements, je me penche avec la certitude qu'il va me sauter dessus. Il bouge, s'affale dans le canapé, me regarde essayer de glisser en tremblant la clé dans la serrure, me regarde échouer, me regarde essayer à nouveau. Il me parle pendant ce temps, me dit que je suis vraiment trop conne, que je ne sais pas ce que je loupe, que je vais revenir à genoux le supplier. Pendant que je tente désespérément de glisser une clé dans une serrure, il m'insulte à nouveau, me traite de pucelle, d'allumeuse, me dit qu'il ne comprend rien à une fille comme moi, une fille qui accepte de partir en vacances avec lui, qui sait qu'elle va être seule avec lui, qui l'allume et qui ne veut pas qu'il la touche. La clé ripe contre le bord de la serrure, mes mains tremblent. Piotr, tout là-bas, à quatre mètres de moi, dans le canapé, glisse une main dans son caleçon et explique que je ne sais pas ce que je veux, qu'il est dégoûté, et la clé parvient par miracle à glisser dans la serrure, et je trouve par miracle la force de faire un tour, puis un second. Je m'attends toujours à ce que Piotr me saute dessus, il ne dit plus rien, j'ouvre la porte, il va se lever, m'attraper, éclater de rire et me jeter sur le sol de l'appartement, mais non, je suis sur le palier, il ne bouge pas, il me dit que dans une heure je serai de retour et que je le supplierai de m'ouvrir ; je prends mes baskets dans mes mains, je décroche ma veste, j'ai l'impression de bouger au ralenti, comme devant un fauve ; Piotr tient son sexe dans son poing, je fais un autre pas, j'entends sa voix m'asséner que si on ne veut pas on dit non, que j'en crève d'envie mais que je suis une connasse d'allumeuse, et je descends l'escalier, sa voix se perd, j'ouvre la porte du bas, je suis dans la rue, il ne m'a pas poursuivie, j'enfile ma veste, je mets mes chaussures sans les lacer, je m'éloigne, sa voix a disparu, sauf dans ma tête.

Une image me revient en tête, une image vue et revue sur les réseaux sociaux : les jambes d'une femme avec une toise allant de mi-mollet aux fesses. L'image indique comment est perçue une fille en fonction de la longueur de ses vêtements. En gros, une robe ou une jupe à mi-mollet c'est *prude*, sous le genou c'est *old fashioned*, au-dessus c'est *tease*, mi-cuisse c'est *slut*, et au ras des fesses c'est *whore*. Prude, démodée, allumeuse, salope, putain. Dessous, il y avait inscrit un message du genre : ne mesurez pas la valeur d'une femme à ses vêtements.

Combien de fois j'ai vu passer cette image ? Il est possible que je l'aie partagée sur Instagram, je ne sais plus, je sais juste que j'avais beau ne plus mettre de jupe ou de robe, cette campagne de prévention me semblait abstraite. Comment j'ai fait pour ne pas me sentir plus concernée ?

Le mois dernier, un dimanche après-midi, Sabriya m'envoie un SMS pour me dire que son oncle, sa tante et leurs quatre enfants viennent de débarquer à l'improviste, ses parents insistent pour qu'elle passe du temps avec ses petits cousins et petites cousines. Nous avions prévu de nous voir, ça tombe à l'eau. Sabriya m'envoie des têtes de mort et des emojis déversant des rivières de larmes, ses cousins et cousines ont entre six mois et dix ans, je ne les ai jamais rencontrés, mais elle en parle toujours comme d'une tempête, d'un tremblement de terre ou de n'importe quelle catastrophe naturelle. En un après-midi, ils sont capables de saccager sa chambre.

Je lui envoie des cœurs et lui suggère de leur proposer une activité parachute avec une serviette de table depuis le balcon. La famille de Sabriya habite au douzième étage d'une tour, elle me renvoie des emojis morts de rire.

Mon après-midi entier vient de se libérer, je rejoins ma mère, elle est dans la cuisine, occupée à démonter la bouilloire électrique. Dès qu'on la branche, les plombs de l'appartement sautent. Elle peste contre les constructeurs qui utilisent des vis en forme d'étoile plutôt que des vis normales ou cruciformes. Tout ça, d'après elle, c'est pour que l'on achète un nouvel appareil alors qu'il suffirait de réparer l'ancien.

Sans trop réfléchir, je tire une chaise – sans la faire riper sur le carrelage, elle déteste ça – et m'assois en face d'elle.

Je ne sais pas comment ça débute, elle s'acharne sur les têtes des vis, parvient à coincer l'extrémité plate d'un tout petit tournevis entre deux crans de l'étoile, elle force un peu, la vis bouge et elle réussit à la retirer, puis elle refait la même chose avec une deuxième, une troisième, une quatrième, une cinquième, elle démonte le socle, pousse un cri de joie en me montrant qu'un fil rouge est arraché, elle le dénude d'un demi-centimètre avec la lame d'un cutter, le revisse fermement, remonte le socle de la bouilloire, me propose de fêter la réparation en nous préparant un thé ; et pendant qu'elle accomplit tous ces gestes, elle me parle de mon père. Son monologue que je n'ose interrompre vient naturellement. Je suis grande, j'ai le droit de savoir, elle me dit. Au début, elle parle sans jamais croiser mon regard, son bricolage lui en fournit le prétexte idéal, ensuite, peu à peu, elle relève la tête et j'ose lui poser des questions.

À mesure que la réparation avance, je reconstitue le puzzle de sa vie.

Maman avait tout juste dix-huit ans lorsqu'elle a rencontré papa en boîte de nuit.

C'est trop tôt pour l'interrompre, je fais de mon mieux pour garder un air neutre, mais une boîte de nuit est le dernier endroit au monde où j'aurais pu imaginer ma mère. Ils ont dansé, il lui a offert un verre. Il était mignon, brun, plutôt grand ; j'apprends que je lui dois l'épaisseur de mes cheveux et la couleur de mes yeux. Il avait deux ans de plus qu'elle, suivait les cours d'une école de commerce. Ils ont échangé leurs téléphones, se sont revus dans la semaine, puis la semaine suivante, puis se sont embrassés, et, pour reprendre la formule de maman : ce qui devait arriver est arrivé.

Très vite, trop vite, ils se sont installés ensemble, Sylvain – j'ai du mal à faire le lien entre l'image mentale abstraite que j'ai de mon père et ce prénom – fut le tout premier amoureux de maman, elle n'était sortie avec personne avant. *Les garçons*, me dit-elle, *veulent tous la même chose*. S'ils ont été heureux, maman n'en parle pas, elle rêvait d'être institutrice, elle est devenue ATSEM. Très vite, trop vite, elle est tombée enceinte. Plus jeune, le jour où j'avais fini par comprendre en filigrane que ma venue au monde était un accident, j'avais été blessée. Maintenant, cela ne me touche plus. Ma mère ne me désirait pas, pourtant elle n'a pas voulu avorter, elle m'a élevée, elle m'aime, elle ferait n'importe quoi pour moi, même si ses préventions et ses suspicions m'étouffent parfois. Je ne lui en veux plus. Lentement, elle m'explique que mon père ne souhaitait pas qu'elle garde l'enfant, elle a tenu bon. C'est durant sa grossesse que le caractère de mon père s'est transformé. Ou s'est révélé sous son vrai jour. Il est devenu colérique, autoritaire, impulsif.

Ma mère se tait un long moment, tout doucement je lui demande s'il la battait.

Me battre ? Elle relève les yeux vers moi, elle ne pleure pas, son regard passe à travers le mien, elle est tout entière dans ses souvenirs.

Non, il ne la battait pas.

Mon père avait, elle cherche ses mots, *des exigences*. De plus en plus précises, de plus en plus douloureuses.

Un temps. J'ai du mal à saisir ce que maman veut me dire, les questions et les pensées se bousculent dans ma tête. Elle reprend. Sa voix est ferme, presque détachée, elle m'explique qu'un soir elle a vu à la télévision une émission sur le viol conjugal. Des femmes témoignaient de l'enfer qu'elles avaient subi auprès de leur mari ou de leur compagnon. Une seconde, je revois les cœurs que mon père avait déposés sous mes photos postées sur les réseaux sociaux. J'écoute ma mère me dire qu'elle était devenue une sorte de zombie soumise à tous les caprices sexuels de mon père. Elle reste pudique, ne donne aucun détail que je n'ai pas envie d'entendre, explique juste qu'il la forçait à des pratiques lui répugnant, qu'il l'humiliait durant l'acte sexuel, qu'il n'a jamais été question que de ses désirs à lui, de ses envies à lui, de ses fantasmes à lui, de son plaisir à lui.

Le soir où elle a vu l'émission, elle s'est refusée pour la première fois à mon père.

Tu sais, elle raconte, *il répétait sans cesse que j'étais coincée. Il se justifiait en disant qu'il est normal qu'une femme et un homme qui s'aiment fassent l'amour. Je n'avais jamais envisagé les choses sous un autre angle. J'étais bête et naïve. C'est toujours lui qui décidait quand et comment on allait faire l'amour, toujours lui qui m'ordonnait de faire telle ou telle chose, et moi, comme je vivais avec lui, comme j'étais amoureuse de lui, j'obéissais. Même quand je n'avais pas envie, même quand cela me faisait mal, quand ça me dégoûtait, ou quand je n'étais tout simplement pas disposée.*

Ma mère conclut avec une phrase qui se grave en moi : *Plus tard*, elle dit de sa voix toujours aussi blanche et neutre, *j'ai compris que je n'avais jamais fait l'amour avec lui, ce qu'il me forçait à faire n'était pas de l'amour.*

Nous sirotons notre thé en silence, maman est fière d'avoir réparé la bouilloire. *Je te raconte tout ça parce que tu grandis*, conclut-elle.

Je ne sais plus quand j'ai touché ma mère pour la dernière fois. De si loin que je me souvienne, elle n'a jamais été très tactile. Je la vois déposer des baisers sur mon front, je n'ai aucun souvenir de câlins, jamais dans mon enfance il ne me serait venu à l'idée de me lover dans ses bras. J'ai envie de m'approcher, de la serrer contre moi. Je n'ose le faire, je me sens gauche, encombrée par mon élan ; j'aimerais être naturelle, spontanée, ne pas m'interdire, ne pas bêtement empêcher mes gestes, alors je pose ma main sur la sienne et je la serre une ou deux secondes. Les doigts de maman se crispent, je retire ma main. L'espace d'un instant fugace, je sens qu'elle se relâche pour accueillir avec simplicité ma tendresse. Elle me sourit, je lui souris sans entrave. Le silence qui suit est chaud et rond, rempli d'évidence. Pourtant, au bout d'une poignée de secondes, les doigts de maman se crispent ; je retire ma main.

Au collège, j'ai eu un petit ami, David ; il incarnait tout ce que je cherchais chez un garçon : il était doux, sensible, intelligent, j'étais terriblement amoureuse de lui, et j'étais terriblement jeune, bien trop jeune. Il a déménagé, nous nous sommes écrit chaque heure, puis chaque demi-journée, puis chaque jour, enfin chaque semaine. Maintenant, il poste des cœurs sous les photos que je poste. Et moi, je mets des cœurs sous les poèmes qu'il écrit. Parfois, nous nous envoyons encore un mot, une pensée. Je ne sais pas si c'est triste, c'est sans doute la vie.

Depuis David, il ne s'est rien passé de captivant dans ma vie sentimentale. Cela ne me pose aucun problème. Au lycée, je vois des filles qui changent de petit copain chaque mois. Je crois que pour elles être célibataire serait une défaite. Heureusement que je ne suis pas seule dans mon cas, sinon je finirais par me demander si je suis normale. Je n'ai pas besoin d'avoir un petit ami à tout prix. Je reste attentive, je regarde autour de moi, je me sens capable d'accueillir un garçon qui me plairait vraiment. Je ne veux pas de plan B, de pis-aller. Sabriya me ressemble. On rit beaucoup ensemble des efforts que font certains garçons pour sortir avec nous. Un jour, un garçon de la classe un peu lourd la collait, il voulait l'embrasser, elle lui a répondu qu'elle ne prendrait le risque d'attraper de l'herpès ou une mononucléose qu'en roulant une pelle à un garçon qui lui plairait vraiment. On a ri pendant des heures.

Dans un monde respectueux, chacun ferait comme ça lui chante. On n'a pas raté sa vie si l'on n'a pas de petit copain au lycée. Si certaines filles ont envie de sortir avec des garçons, cela ne me pose aucun problème ; en revanche, l'inverse est suspect : certains regards me jugent, je n'ose imaginer ce qui se chuchote dans mon dos ou dans celui de Sabriya. À seize ans, je ne vais pas sortir avec un garçon juste parce que, dans l'esprit de certains, il est normal de le faire. Et, pour autant, je ne suis pas une grande romantique : je n'attends pas le prince charmant, sur son cheval blanc, avec son sourire impeccable, j'attends juste la bonne personne, au bon moment. Au moment où j'en aurai le désir.

De la rue, un long moment, j'observe la fenêtre du premier étage. Aucune lumière. Se peut-il que Piotr dorme tranquillement me sachant seule dans les rues de New York? Je remonte jusqu'au prochain croisement pour jeter un œil dans la ruelle encombrée de détritus située derrière la maison. Pareil, aucune lumière à la fenêtre de ma chambre.

J'hésite un moment. Je suis venue jusque-là et j'ignore maintenant comment agir. Me retrouver en présence de Piotr me répugne. Encore une fois, je me demande si je n'aurais pas dû prévenir la police, et, encore une fois, je ne sais pas si j'aurais réussi à me faire comprendre, je ne sais pas si on m'aurait crue. Je n'ai aucune trace de coups sur moi. Il ne m'a pas

non

même la marque cuisante de la gifle ou la sensation de brûlure au poignet ont fini par s'estomper.

Je reviens devant la porte d'entrée. Trois sonnettes. Je ne sais pas laquelle correspond à l'appartement. Je pourrais tout autant me mettre à hurler dans la rue. Et ensuite? Piotr viendrait m'ouvrir? Et que ferait-il? Il est possible que je sois plus en sécurité seule dans la rue au beau milieu de la nuit qu'avec lui dans l'appartement.

Soudain, je me vois littéralement entrer dans le salon, me retrouver devant la porte que Piotr avait verrouillée hier, je le revois, lui, en caleçon avec son sourire moqueur, occupé à se tripoter ; je réentends sa voix hypocrite, et mes forces m'abandonnent.

Je n'ai pas le courage de taper du poing contre cette porte.

Cela fait presque quarante-huit heures que je n'ai pas dormi, j'ai tellement faim que je ne sens plus mon estomac, je ne suis pas de taille à l'affronter.

J'attendrai l'arrivée de sa mère en début de matinée.

Il doit être 4 heures maintenant, elle a dit qu'elle viendrait vers 9 heures, la soustraction est simple, impitoyable : encore cinq heures à attendre.

Je remonte le col de ma veste, l'humidité monte du sol, des fleuves qui encerclent cette ville, le froid va me saisir si je reste immobile.

Je n'ai d'autre solution que de marcher, encore et encore.

Demain, Vanessa apprendra la vérité.

Elle me protégera, elle.

Du moins je l'espère.

Tours et détours pour en revenir au même point, à part quelques voitures les rues sont maintenant désertes et je vadrouille en rond dans le quartier. Les fresques bombées sur les murs jouent à cache-cache avec les ombres. Un boule-dogue géant est peint à l'arrière d'une maison. Le street artiste lui a mis un casque sur les oreilles et une paire de lunettes dont chaque verre correspond à une fenêtre du bâti-ment. Le chien sourit et porte un collier avec un médaillon Brooklyn. Impossible d'oublier où je suis.

Je rôde sans autre but que de tenir debout dans la nuit. Mes jambes flanchent parfois, mais je tiens bon. Je tiendrai bon.

Je longe une petite rue calme où sont garées les immenses voitures que conduisent les Américains. Derrière un pick-up blanc, je vois un vieil utilitaire, une sorte de van aux vitres teintées. Le véhicule n'est pas dans sa première jeunesse : blanc avec des bandes marron, il paraît avoir parcouru des centaines de milliers de kilomètres. Une lumière brille à l'intérieur, elle a attiré mon attention. En passant, je regarde mieux : des rideaux occultants ont été accrochés sur toutes les vitres du van, l'un d'eux est très légèrement soulevé et trahit une présence. Quelqu'un est à l'intérieur, quelqu'un qui ne dort pas, quelqu'un que je n'ai vraiment pas envie de rencontrer. Je fais l'erreur de ne plus regarder où je marche, mon pied heurte une canette qui roule en produisant un boucan d'enfer. Aussitôt, la lumière s'éteint. En équilibre sur une jambe, je ne bouge plus. Je n'ai pas envie d'avoir des ennuis. Mon cœur est remonté dans mes oreilles. Comme une imbécile, je retiens mon souffle. Après le bruit que j'ai fait, il est trop tard pour tenter d'être discrète. Lentement, je repose mon pied au sol. Le rideau se soulève d'un centimètre. Il faut que je file. Le van oscille, la ou les personnes qui sont à l'intérieur bougent. Il faut vraiment que je file, je n'ai rien à gagner à rester sur place, plus j'évite les gens, mieux je me porterai. La porte latérale s'entrouvre, je me retourne, je m'en vais, la peur à nouveau me recouvre tout entière, une peur gigantesque, mêlée de fatigue, de colère ressassée, de ras-le-bol immense. Je n'en peux plus, je veux dormir, je crois que j'ai plus besoin de dormir que de boire ou manger, mes jambes me portent à peine, mon cœur bat si fort que je n'entends plus rien, il me semble qu'une voix s'adresse à moi, j'ai trop peur pour me retourner, mes jambes refusent de courir, depuis quand ignorent-elles mes ordres ? De brus-ques lueurs blanches volettent devant mes yeux, je n'entends plus rien, ni mon cœur, ni la voix, ni le ronron lointain de la ville ; c'est si calme, je ne comprends pas pourquoi c'est si calme, et quand je réalise que je suis en train de chuter, c'est trop tard, le contact avec le sol me réveille. Je n'ai pas perdu conscience, pas tout à fait, un simple étourdissement, pas un évanouissement, je n'ai plus de force, j'ai juste chuté comme une poupée de chiffon.

Quand je relève les yeux, une dame est penchée vers moi,

une vieille dame. *Are you all right?* elle me demande. Je n'en sais rien, je cherche, je suis tombée, j'ai bien dû me faire mal, je bouge mon bras droit, le gauche, une jambe, puis l'autre, je ne sens rien. Un doute me traverse, je vérifie dans la poche de ma veste, l'appareil photo est là, je me suis affalée sur l'autre flanc, je n'ai rien, je crois que je n'ai rien, je suis tombée trop mollement pour me faire mal, une courte seconde mon corps m'a abandonnée, il s'est vautré en souplesse.

Are you all right? répète la dame. Elle s'est avancée, elle me tend une main. Le réverbère l'éclaire un peu à contre-jour, son front est soucieux, elle a noué ses cheveux blancs en une longue tresse qui lui descend jusqu'à mi-dos et lui donne un faux air d'Indienne. Elle porte un gros pull en laine et un jean. Un détail incongru me saute aux yeux : elle est chaussée de pantoufles. À deux mètres, je vois la portière du van grande ouverte, c'est de là qu'elle est sortie, c'est elle qui m'a fait peur.

I'm OK, je réponds en prenant la main qu'elle m'offre. Elle m'aide à me relever et ne lâche pas tout de suite ma main. Pourtant, je ne me sens pas prisonnière. Je vois mieux son visage parcouru de rides profondes et éclairé d'un sourire dans lequel je ne lis que de la tendresse.

I was afraid, elle me dit, et je crois qu'elle m'explique qu'elle a eu peur pour moi. *I was afraid it was the police*, elle ajoute. Je comprends brusquement qu'elle a eu aussi peur de moi que j'ai eu peur d'elle.

Mandy, elle fait en me serrant la main.

Lalie, je réponds.

J'ai toutes les peines du monde à retenir ma main lorsque Mandy me tend un sachet de bagels en s'excusant de ne pas avoir d'autre nourriture à m'offrir. Quelque part dans mon ventre, une contraction me noue l'estomac. Avec stupeur, je sens que ma bouche se remplit de salive. J'ai faim comme je n'ai jamais connu la faim. Dire que, parfois, j'ai osé déclarer que j'étais affamée. Je ne savais pas ce qu'avoir faim signifie. J'ai la chance de trouver le matin un petit déjeuner dans le frigo et les placards, j'ai la chance de manger au self du lycée le midi, j'ai la chance d'avoir une mère qui cuisine pour nous deux le soir. J'ai la chance de décider, de temps en temps, de préparer le dîner moi-même pour permettre à maman de se reposer.

Là, devant les bagels industriels qui doivent certainement être trop sucrés, trop salés et trop mous, je bave littéralement. Mandy m'observe en souriant, *eat*, fait-elle simplement, *mange*, et pendant qu'elle attrape un bidon d'eau pour préparer un thé, je me rue sur le premier bagel. Ma voracité me fait honte, j'ai juste sauté un repas, un seul. Mandy jette un œil vers moi, son visage s'éclaire, lentement, très lentement, elle me parle. Lorsque je ne comprends pas, je lui demande de répéter. Ses gestes sont lents et méticuleux. Elle a aménagé elle-même son van, l'espace minuscule a été agencé avec soin pour y caser un lit, un coin bureau, une cuisine. Le strict minimum pour vivre. Des panneaux solaires sur le toit alimentent une batterie permettant de fournir un peu d'électricité. J'ai pris place au bout du lit impeccablement fait et recouvert d'un couvre-pieds en patchwork cousu main. Mandy se tient debout devant moi, elle dose le thé. Dès les premiers mots échangés, mon accent l'a étonnée, elle m'a demandé d'où je venais, et, je ne sais pas pourquoi, je lui ai raconté mon histoire, toute mon histoire, avec le peu de vocabulaire que je possède. J'ai dû reformuler plusieurs phrases. J'avais les mots essentiels. Qui aurait cru qu'une chanson de Nirvana m'aurait enseigné un mot terrible, un mot que j'aurais un jour besoin d'articuler : *rape, viol* ?

Après m'avoir relevée de terre, Mandy a ouvert la portière du van, elle m'a invitée à entrer, elle m'a demandé si j'avais dîné. Bien évidemment non, alors elle a fouillé dans ses maigres réserves et m'a donné ces bagels que je me retiens de dévorer d'un coup. Je me force à mâcher plusieurs fois chaque bouchée. Si l'espace vital de Mandy est étroit, il est fonctionnel et décoré avec goût. La face intérieure des rideaux occultants est cousue avec un tissu imprimé de larges fleurs joyeuses. Des photos de gens sont maintenues un peu partout par des magnets. Du récit de Mandy je déduis qu'elle vit dans son van. Ce n'est pas un abri provisoire ou une sorte de camping-car pour les vacances, elle n'a plus de domicile depuis une douzaine d'années. Mandy était institutrice, une fois à la retraite, elle a eu des problèmes de santé nécessitant plusieurs opérations (je n'ose demander lesquelles), elle venait juste de finir de payer sa maison, elle avait une toute petite assurance santé qui s'est rapidement révélée insuffisante. Elle a hypothéqué ses biens en espérant vite se remettre. Sauf que les choses ne se sont pas passées aussi bien que prévu. Complications, nécessité d'une deuxième opération, puis d'une troisième. La banque a saisi la maison. À la sortie d'un an et demi d'hospitalisation, elle était vivante mais SDF.

Mandy s'assoit à mes côtés, elle glisse un mug de thé brûlant entre mes mains, son regard me traverse ; je ne sais pas trop si elle a l'habitude de parler à des inconnus. Tout à l'heure, lorsqu'elle a fini par comprendre ce qui m'était arrivé, elle m'a demandé ce que je comptais faire. Malgré ses réticences, elle m'a proposé d'appeler la police, mais j'ai refusé, j'ai expliqué que la mère de Piotr devait venir en début de matinée, j'ai expliqué que je voulais lui parler du comportement violent de son fils. C'est à ce moment-là que Mandy m'a proposé de venir me mettre au chaud et à l'abri. En me fixant droit dans les yeux, elle m'a dit qu'elle n'aimait pas trop la police. Quand elle m'avait entendue faire un raffut de tous les diables dans la rue, elle avait eu peur qu'un flic l'ait repérée. On n'a pas le droit de dormir dans un van dans les rues de New York, elle doit se cacher. Elle ne fait confiance à personne, elle tente d'être le plus discrète possible.

Le mug réchauffe mes mains, Mandy parle en regardant les photos sur les parois, je ne l'interromps plus, si je perds quelques nuances, je comprends l'essentiel.

Avec le peu d'argent qu'il lui restait, elle a acheté d'occasion ce van, elle l'a aménagé avec plusieurs amis pour avoir un abri provisoire. Elle avait lu un long article dans un journal expliquant que de plus en plus de retraités finissaient par vivre dans leur camping-car. Plus de loyer, plus de charges trop lourdes, la possibilité d'aller où ils veulent. Une façon de s'inventer une vie libre.

Mandy sourit, elle me raconte que dans sa maison elle avait deux fours, trois lits, trois téléviseurs, des dizaines de *pans*. Comme je ne connais pas la signification de ce mot, elle me montre au-dessus du tout petit évier la seule et unique *casserole* qu'elle a conservée. Elle avait une grande maison avec tout en double, en triple, en quadruple, en quintuple… Elle ne regrette pas cette vie-là, on est bien mieux avec juste l'essentiel, elle me dit.

Un peu confuse, je refuse de prendre un troisième bagel lorsqu'un terrible gargouillis monte de mon estomac. Mandy éclate de rire, et je suis certaine que mes joues sont rouge vif. D'accord, je prends le bagel.

En règle générale, Mandy évite les villes. Elle stationne la plupart du temps dans les coins les plus calmes du New Jersey dont elle est originaire. Elle est à New York depuis deux jours parce que sa fille, Laura, vient d'avoir un bébé.

La bouche pleine, je sursaute et bafouille un compliment. Mandy se lève et attrape la photo d'une femme d'une trentaine d'années, très ronde, coiffée d'un carré mi-long, enveloppée dans les bras d'un homme brun, très rond lui aussi, vêtu d'un tee-shirt. *Jeff*, me présente Mandy. Il est chauffeur-livreur, Laura est vendeuse. Je regarde peu la photo tellement le visage de Mandy harponne mon attention : elle rayonne de fierté. Elle me tend son téléphone pour me montrer une autre photo où l'on voit Laura assise sur un lit d'hôpital, un bébé dans les bras. *Emma*, dit-elle, les yeux brillants de joie. Mandy m'explique qu'elle va repartir d'ici un ou deux jours, sa fille ne sait pas qu'elle vit dans ce van, c'est hors de question qu'elle l'apprenne, elle croit que Mandy dort chez des amis. Elle et Jeff lui avaient proposé de la loger, mais elle ne veut pas les encombrer, *ils ont leur vie*, conclut-elle en répétant cette phrase plusieurs fois, comme pour s'en convaincre : ils ont leur vie. Très lentement, pour être certaine que je saisisse chaque mot de sa phrase, Mandy ajoute *the world stigmatizes people who live differently, le monde stigmatise les gens qui vivent différemment.* Il est hors de question que sa fille sache que sa mère est une nomade sans domicile fixe.

J'ai fini mon troisième bagel, je ne mourrai pas de faim cette nuit. Mandy me révèle un univers dont j'ignorais tout. Ma main va dans la poche de ma veste, je lui demande si elle accepterait que je la photographie, Mandy ouvre de grands yeux, elle se trouve *ugly, affreuse,* je lui réponds qu'elle est belle, je lui montre sur l'écran de l'appareil les rares clichés pris depuis mon atterrissage aux États-Unis, longtemps elle contemple la photo de la jeune femme et de son fils à Ground Zero. Elle accepte.

Mandy se tient penchée, il est impossible de se redresser sans se cogner la tête dans son van, j'ai fait la mise au point sur sa longue tresse, le coin avec la douche et les toilettes chimiques est flou derrière elle. Le tissu des rideaux et les multiples photos plaquées contre les parois agrandissent l'espace en un dégradé de touches multicolores dont la netteté se perd progressivement. Le visage de Mandy est concentré, je n'avais pas remarqué que son œil gauche se plissait plus que le droit, ce déséquilibre léger dans ses traits renforce sa grande beauté. Sur la photo qu'elle contemple en silence, Mandy est à la fois prisonnière et princesse de son van. Quelque chose comme de la panique traverse son visage, je lui promets que je ne la publierai nulle part, sur aucun réseau social, et elle se détend d'un coup en me remerciant. Elle me tend un petit bout de papier avec son adresse internet. Souvent, elle se gare en face d'un bar ou d'un restaurant et elle récupère la connexion une fois l'établissement fermé. Je lui jure que je lui enverrai son portrait lorsque tout sera redevenu normal pour moi. Et je me pince les lèvres, je n'aurais pas dû employer ce mot. Cette nuit, dans cette rue déserte, le désordre et l'imprévu de nos vies nous ont permis de nous rencontrer. Si je suis, moi, coincée dans une situation totalement anormale, Mandy, elle, n'a pas d'autre possibilité, aucun espoir que demain sa situation s'améliore. J'ose la questionner sur son futur.

L'an prochain, elle me dit, si le moteur de son van ne la lâche pas, elle ira au Rubber Tramp Rendezvous, c'est en Californie, dans le désert, en janvier, une rencontre annuelle fondée en 2010 par un certain Bob Wells, un homme qui vit dans son camping-car et qui enseigne sur son blog comment se débrouiller avec moins de 500 dollars par mois. La première année, grâce aux réseaux sociaux, 45 personnes étaient présentes au rassemblement. Quinze ans plus tard, ce sont en moyenne 3 000 propriétaires de camping-car et de caravane qui chaque année affluent dans le désert pour proposer des ateliers sur l'aménagement d'un utilitaire, les énergies alternatives, le bricolage de panneaux solaires, les petits boulots, la culture hors sol, l'artisanat, la cuisine, et échanger sur les bonnes et les mauvaises expériences de la vie nomade. C'est son grand rêve, elle a failli y aller cette année, mais elle a dû changer quelques pièces de l'embrayage du van.

Je n'ose imaginer ce que représente le fait de vivre vingt-quatre heures sur vingt-quatre et sept jours sur sept dans une camionnette, avec la peur constante d'attirer l'attention, la peur d'être agressée par un malade ou verbalisée par un flic.

Mandy me montre d'autres photos d'Emma, joli bébé joufflu, coiffée d'un bonnet de laine blanche. Puis elle devient subitement mélancolique, elle me propose de m'allonger, de dormir un peu. Elle ira s'asseoir à l'avant, elle a l'habitude, elle a souvent dormi les deux bras croisés sur le volant lorsqu'elle s'est sentie en insécurité. Elle préférait se tenir prête à décamper à la première alerte. Comme je refuse, elle insiste, je vois une dureté soudaine traverser son visage. Elle parle vite, je ne saisis pas, mais elle ne répète pas. Peut-être s'en veut-elle d'être sortie m'aider à me relever ? Maintenant, elle est coincée par ma faute. Si ses principes moraux l'obligent à me protéger, elle préférerait sans doute être tranquille, incognito, toute à sa joie d'être la grand-mère d'une petite fille à l'avenir infini.

Je me tais, je m'en veux d'être un poids, je range l'appareil dans la poche de ma veste étalée sur le bord du lit, le livre de Carver glisse au sol. Ce qui comprimait les pensées de Mandy s'efface. *Carver ?* Elle me sourit. Elle a beaucoup aimé les nouvelles de cet auteur, elle les a lues il y a bien longtemps. Elle prend le livre entre ses mains, l'ouvre. Elle ne savait pas qu'il avait écrit des poèmes. Elle me demande si j'aime la poésie. En vérité, je n'y connais rien, j'ai acheté ce livre-là presque par hasard. Une seconde, le visage de David m'apparaît. Les textes qu'il poste sur les réseaux sociaux sont des poèmes, certains écrits par lui, d'autres recopiés. Parfois je n'y comprends rien, parfois j'aime beaucoup. Mandy interprète mon silence comme une pudeur, elle me montre une carte scotchée sur la porte en mélaminé d'un placard. Je m'approche. Elle m'explique qu'il s'agit des derniers vers d'un poème d'une certaine Emma Lazarus, un poème nommé *The New Colossus, Le Nouveau Colosse.* Mandy ferme les yeux, elle récite le texte de mémoire à mesure que je le découvre.

> *Give me your tired, your poor,*
> *Your huddled masses yearning to breathe free,*
> *The wretched refuse of your teeming shore.*
> *Send these, the homeless, tempest-tossed to me,*
> *I lift my lamp beside the golden door !*

Lentement, je traduis comme je peux :

Donne-moi tes épuisés, tes pauvres,

Tes foules entassées aspirant à vivre libres,

Le rebut de tes rivages surpeuplés

Envoyez-les-moi, les sans-domicile, que la tempête me les

[apporte,

Je dresse ma lampe au-dessus de la porte d'or !

Après m'avoir laissé le temps de déchiffrer le poème dans ma tête, Mandy me demande si je le connais. Et, comme je réponds non, elle éclate de rire. Le Nouveau Colosse qui tend sa lampe, c'est la statue de la Liberté du port de New York, le poème est gravé sur une place située à ses pieds. Il trône sur le monument le plus visité de l'Amérique et parle de choses que les Américains ne connaissent plus : l'hospitalité et l'entraide. Aucune ironie dans le rire de Mandy, peut-être une pointe de tristesse. Le monde serait tellement plus facile à vivre si chaque jour les gens lisaient ce poème, me dit-elle rêveusement.

Puis elle m'envoie au lit, et je comprends que je dois lui obéir. Elle coiffe une lampe frontale, m'emprunte *Ultramarine*, coupe la lumière et se glisse à l'avant du van.

Une petite horloge marque 5 h 45, j'erre depuis 19 heures hier soir, je pense à ce que j'ai compris de l'histoire de Mandy. Sur plusieurs photos décorant son van elle figure en compagnie d'un homme, est-elle vraiment seule ? A-t-elle d'autres enfants ? des amis ? des parents ? Les questions tourbillonnent dans ma tête, je n'imaginais pas que dans un pays en apparence aussi riche que les États-Unis des gens qui ont travaillé toute leur vie puissent se retrouver à la rue un jour, et pourtant je ne suis pas dupe, je sais qu'ici la sécurité sociale n'existe quasiment pas. Ce grand pays exhibe ses milliardaires pour mieux cacher ses pauvres. Mes jambes sont agitées de décharges électriques, mes muscles ont la dureté de l'acier. Je vais être incapable de dormir, c'est impossible que je me laisse aller, je pense, puis je tombe dans un trou doux et feutré, sans haut ni bas, sans rêve ni cauchemar ; je dors, profondément, je me suis endormie par surprise.

Avec un mélange de rudesse et de tendresse Mandy secoue mon épaule pour me réveiller, il est 8 heures. Contre toute attente, j'ai dormi deux grandes heures. Aux traits tirés de son visage, je vois que Mandy n'a pas fermé l'œil. Elle trouve pourtant la force de me sourire, elle me rend mon livre en me disant qu'il a été une bonne compagnie pour la nuit. Sans rien ajouter, elle dévisse le bouchon d'un bidon, remplit la bouilloire et prépare deux thés.

Quand elle glisse le mug brûlant entre mes mains, elle m'informe que l'on va aller attendre le retour de la mère de Piotr, elle va m'accompagner pour être certaine que tout se passera bien. Gênée, je la remercie, elle hausse les épaules.

Mandy intercepte mon regard qui glisse sur les photos aimantées ; d'un ton un peu plus brusque, elle me demande de me lever, les dernières gorgées de thé me brûlent les lèvres. Je me chausse dans la précipitation, je la suis dehors, elle verrouille le van en regardant à droite et à gauche si personne ne nous surveille. Je comprends que c'est fini, ma présence dérange son intimité, peut-être même regrette-t-elle de s'être confiée à moi cette nuit.

Elle me demande de la conduire devant l'appartement. Ses gestes sont secs, elle ne m'a rien offert à manger, peut-être que j'ai dévoré ses dernières provisions hier soir et qu'elle se passera de petit déjeuner par ma faute, je n'en sais rien, c'est tellement difficile de connaître les gens, de découvrir ce qu'ils pensent, qui ils sont. Hier, Mandy m'a secourue en douceur, ce matin j'ai l'impression d'être un fardeau. Je n'oublie pas ce qu'enseignent la littérature et le cinéma : en Amérique, c'est chacun pour soi.

En silence, nous marchons ; le temps des confidences est derrière nous, Mandy en me recueillant s'est imposé une mission, elle ira jusqu'au bout, c'est le genre de personne qui ne renonce pas et qui ne se plaindra jamais, elle me soutiendra jusqu'au retour de Vanessa, et ensuite, ce sera fini. Elle déplacera son van, ira voir sa fille et sa petite-fille et, peut-être, dès ce soir, elle reprendra la route pour aller se garer sur le parking désert d'un supermarché dans une petite ville située sur l'autre rive de l'Hudson.

Bien qu'elle évite mon regard, je profite qu'elle tourne la tête vers moi au moment de traverser une rue pour lui adresser un *thank you*. Mandy hausse les épaules en me renvoyant un sourire fatigué. Dans la lumière claire et fraîche du petit matin, elle semble bien plus âgée que cette nuit.

Une heure durant, nous faisons les cent pas sur le trottoir, en prenant garde à ne pas nous placer dans le champ de vision de la fenêtre du premier étage. La ville vit sa vie de ville, les gens s'affairent, les voitures roulent, des trucks immenses font vibrer le bitume. Sur les trottoirs, j'entends parler en espagnol, en anglais, en chinois, en des langues que je n'identifie pas. Mandy envoie quelques SMS.

Un chien solitaire vient renifler mes jambes, une fois sa curiosité satisfaite, il s'éloigne.

À un moment, un taxi jaune s'arrête quasiment en face de l'appartement loué par Vanessa, deux vieilles femmes hispanophones en sortent et demeurent longtemps à discuter sur le trottoir, fausse alerte.

Le ciel est immense, neuf et bleu.

Je ressens chacun de mes muscles, la fatigue me rend ultrasensible aux efforts, aux couleurs, aux odeurs, aux sons. C'est comme si le monde avait la transparence et la fragilité du cristal, ce matin.

Enfin, un Uber s'arrête et je vois Vanessa en sortir. Il est 9 h 20 au téléphone de Mandy, le cauchemar va cesser, je pense.

Je me trompe lourdement.

Un point d'interrogation se dessine clairement sur le front de Vanessa au moment où elle me voit m'approcher en compagnie d'une inconnue. Mandy demeure deux pas en arrière mais elle est là. Je devine que, même si jouer les sauveuses lui pèse, elle ne me laissera pas tomber, son éthique personnelle l'oblige à m'aider.

La voiture qui a déposé Vanessa s'éloigne. J'ai le temps de penser qu'hier elle a acheté un passe illimité pour le métro et que cela ne l'empêche pas de réserver des Uber pour se déplacer.

Le bonjour qu'elle m'adresse est interrogatif, elle a senti que quelque chose ne va pas. Une nouvelle fois, mon cœur s'emballe, je prends une grande bouffée d'oxygène, je tourne la tête vers Mandy, son regard ne me quitte pas, je me dis que si une femme comme elle a pu vivre douze ans dans un van je devrais arriver à prononcer certains mots.

Hello, fait Vanessa à Mandy. *Excuse me, but who are you?*

Je ne laisse pas à Mandy le temps de répondre, je parle, ça y est, les mots sortent de moi ; je parle de l'attitude de Piotr hier soir, j'explique ce qu'il m'a dit, je raconte comment il m'a plaquée contre le mur, comment il m'a touchée sans que je le veuille, comment il m'a enfermée dans l'appartement. Je raconte ma fuite et ma nuit, et Vanessa qui m'avait écoutée sans rien dire jusqu'à ce point me coupe pour me demander si je suis folle ? *Toute la nuit à traîner dehors ?* Elle crie presque. *Je cherche quoi ? Je ne réfléchis jamais ?* Il me faut deux ou trois secondes avant de réaliser qu'elle est en train de m'engueuler. Je viens de lui raconter l'agression de Piotr, et elle me gronde comme si j'avais fait une grosse bêtise.

Je ne sais pas trop ce que j'espérais, comme réaction, je ne suis pas vraiment idiote, il est normal qu'une mère tente de protéger son propre fils, mais je ne m'attendais pas à ça.

Pourquoi tu ne m'as pas appelée ? elle rugit. Je réponds que Piotr a caché mon téléphone, mes papiers et mon argent. *Viens*, elle ordonne. À grands pas, elle se dirige vers la porte de la maison, ouvre avec le double d'une clé qu'elle avait gardée. Dans mon dos, Mandy a reculé de quelques pas, elle répond à mon regard par un signe du pouce et de l'index. OK. Je lui adresse un petit sourire triste ainsi qu'un bye-bye auquel elle ne réagit pas. Il faut que je suive Vanessa et que j'affronte Piotr.

Ma dernière vision de Mandy est sa longue tresse blanche d'Indienne. La porte claque derrière moi. Je monte les marches.

Piotr dort encore, vautré dans le canapé-lit, il se réveille quand Vanessa ouvre la porte de l'appartement, rejette la couette au motif de drapeau américain et nous adresse un petit hello en bâillant.

Ni frayeur ni remords ne se lisent sur son visage.

Le reste de la matinée est un cauchemar. Devant sa mère, Piotr nie m'avoir agressée. Il raconte que je suis partie me promener et qu'il était trop fatigué pour me suivre. Il s'est endormi et il n'avait pas remarqué que je n'étais pas rentrée. Je ne sais ce qui me blesse le plus : son mensonge grossier ou le fait qu'il ait dormi normalement sans s'inquiéter une minute de mon sort.

La colère rougit mon visage, j'interromps plusieurs fois son récit pour dire qu'il ment. Vanessa nous a demandé de nous asseoir autour de la table. Piotr a enfilé un jean et un tee-shirt, il bâille de temps en temps ; à un moment, il se lève et se sert un grand verre de lait dans le frigo, sans rien me proposer.

Lorsque Vanessa me demande si je n'ai pas inventé toute cette histoire pour justifier le fait que je sois sortie en oubliant mes affaires, le cri qui était coincé dans mon ventre depuis hier soir jaillit.

Je hurle

comme jamais je n'ai crié de ma vie

je pousse un vrai hurlement

j'en ai assez des mensonges, Piotr hier soir a tenté de me violer.

Vanessa souffle, lève les yeux au ciel et me répond de ne pas parler de ce que je ne connais pas. Je pousse un nouveau cri et elle renonce à avancer vers ce chemin-là. Je viens de découvrir qu'il y a pire que de se faire agresser, il y a l'impossibilité d'être crue. Vanessa prend Piotr par le bras, elle l'entraîne dans ma chambre, je n'écoute pas à la porte ce qui se dit, je suis tentée de boire moi aussi un verre de lait, je laisse tomber. Faire l'effort d'aller jusqu'au placard, de l'ouvrir, d'ouvrir ensuite le frigo puis de dévisser la bouteille, de me servir un verre, tout ça m'apparaît impossible. Ce seraient des gestes normaux et rien n'est normal dans cet appartement. Et puis c'est le lait de Piotr, dans le frigo de l'appartement loué pour Piotr. Je ne veux rien lui devoir.

Au bout de trois ou quatre minutes, ils reviennent s'asseoir autour de la table. Vanessa plante ses yeux dans les miens, ce n'est pas une métaphore, c'est bien de cela qu'il s'agit : elle plante ses yeux. Je soutiens son regard. *Piotr m'a avoué la vérité*, elle me dit en parlant très lentement, d'une voix ferme, *il a cherché à t'embrasser, tu ne voulais pas, vous vous êtes disputés et tu es partie en courant comme une folle. Il n'a pas osé m'appeler, il attendait ton retour pour s'excuser.*

Je l'écoute, mon cœur tape à toute vitesse. Je détache mon regard du sien pour chercher celui de Piotr. Il a baissé la tête, pathétique.

*C'est ce qui s'est passé hier soir, c'est regrettable, vous êtes jeunes,
vous ne savez pas trop bien exprimer vos sentiments.*

Je la laisse parler, j'ai besoin d'entendre ce qu'elle veut
dire jusqu'au bout. Chaque phrase me fait plus mal que la
gifle d'hier soir.

*Piotr a le béguin pour toi, il est désolé. Tu as eu beaucoup de
chance qu'il ne te soit rien arrivé dans la rue. Si tu veux, tu vas aller
te reposer, tu dois être bouleversée ; cet après-midi on ira se promener
dans Manhattan tous les trois et on oublie tout, d'accord ?*

Je me tais. Je serre les lèvres, j'écoute mon cœur battre.

Tu sais, elle ajoute en me regardant, *crois-en mon expérience,
si tu fais une crise dès qu'un garçon te drague, la vie va être difficile
pour toi.*

Nouvelle gifle que j'encaisse sans vaciller. Lorsque je
réponds, je respire par grandes goulées, je ne veux pas être
trahie par ma colère et ma stupeur, je ne veux pas que ma
voix tremble ou se brise, je ne veux pas éclater en sanglots.
Je réexplique lentement, point par point, le déroulé de la soirée d'hier. Vanessa souffle et lève à nouveau les yeux au ciel.

Vous êtes dos à dos, elle dit, *c'est vérité contre vérité.* Elle n'a
pas besoin d'ajouter que c'est la vérité de son fils qu'elle a
choisi de croire.

Piotr est perdu dans la contemplation de ses mains, j'aperçois un petit sourire au coin de ses lèvres, un sourire de
victoire, et je sais que pas plus que son attitude je ne lui
pardonnerai ce sourire. Jamais.

Jamais.

Les choses s'enchaînent avec une étonnante rapidité, elles ont le goût insipide et la couleur délavée du gâchis. Vanessa m'a demandé ce que je comptais faire, j'ai répondu qu'il était hors de question que je reste avec Piotr. Demain, Vanessa doit travailler, elle n'aura plus une minute à nous consacrer dans les trois ou quatre jours à venir.

Avec le pragmatisme et l'efficacité dont elle sait faire preuve lorsqu'elle travaille avec des hommes d'affaires américains ou français, Vanessa a géré. Je n'ai pas les moyens de louer un appartement ou d'aller vivre une semaine à l'hôtel, tant pis pour moi.

Une demi-heure après, ma valise est bouclée, un Uber nous attend en bas. Piotr, à l'instant où je passe avec mes affaires, s'est enfermé dans la salle de bains. C'est son ultime esquive.

À l'aéroport, Vanessa négocie un bon moment, mes billets en main, pour me trouver une place sur un vol qui part deux heures plus tard. Décollage vers midi, arrivée à 13 heures à Montréal, nouveau décollage à 17 h 50, arrivée demain à Paris Charles-de-Gaulle à 6 h 30. Les vacances s'arrêtent là. J'aurai passé vingt-quatre heures en Amérique. Je ne sais pas si Vanessa paie un supplément pour moi ; sans doute, elle préfère me réexpédier plutôt que d'écouter ce que j'ai à lui dire. Dans un brouillard causé par la fatigue et les strates accumulées de bouleversements, je la regarde s'agiter au comptoir de la compagnie d'aviation. La femme que je vois est habituée à donner des ordres, à commander et à maîtriser ses émotions. Elle est d'une dureté à toute épreuve.

Je suis un problème. Si elle me met dans l'avion, il n'y a plus de problème. Si j'avais accepté la version des faits proposée par Piotr, j'aurais pu rester.

Je ne regrette rien.

Demeurer une minute seule avec Piotr me révulse. Voir comment Vanessa est prête à s'accommoder du moindre mensonge pour avoir la paix me révulse.

Mon nouveau billet en main, une feuille de route imprimée, Vanessa me conduit jusqu'aux contrôles de douane après avoir enregistré ma valise.

Je ne sais trop si elle reste avec moi pour m'aider à ne pas me perdre ou pour être certaine que je ne vais pas changer d'avis et décider de ne pas quitter New York.

Au moment où je pénètre dans la zone de contrôle, elle se penche vers moi pour me dire que toute cette histoire est regrettable, qu'elle espère qu'à la réflexion je me rendrai compte qu'il ne s'est rien passé de grave. Son visage, que j'ai si souvent trouvé beau, est un masque d'une fermeté absolue. Je vois les rides qu'elle n'arrive plus à cacher. Et, peut-être, je discerne la crainte tapie sous l'apparent calme de ses traits.

C'est mon tour ; sans regrets je pose mon petit sac sur le tapis roulant et tends mon billet aux personnes chargées du contrôle des passagers. Lorsque je regarde en arrière, Vanessa n'est plus qu'une silhouette pressée.

L'accès à l'avion se fait depuis une sorte de hangar meublé de poufs multicolores ; un peu partout il est possible de recharger son téléphone. Le réseau Wi-Fi est excellent.

Demain matin, je serai à l'aéroport de Paris à 6 h 30. Il me restera à me débrouiller pour rejoindre Nantes en train.

Mes doigts ne tremblent pas lorsque j'écris à ma mère.

Le voyage de retour est d'une infinie tristesse, le petit avion jusqu'à Montréal, l'errance dans les boutiques du gigantesque aéroport Pierre-Elliott-Trudeau, l'embarquement pour Paris, les messages à ma mère, mon récit de la journée d'hier, de la nuit, et mes larmes enfin.

Dans l'avion pour Paris, je suis placée au bout d'une rangée, j'ai un hublot pour moi toute seule, je vois la piste s'éloigner, Montréal s'étendre jusqu'à l'horizon, l'immensité du fleuve Saint-Laurent, les champs, puis la mer moutonnante et frisée des nuages. La personne qui occupe le siège devant moi a tout de suite tiré un volet sur son hublot ; peut-être a-t-elle l'habitude de voyager. J'espère de tout cœur que, même si un jour je prends l'avion pour la millième fois, j'aurai encore en moi l'énergie de contempler la beauté du monde.

Les deux personnes installées sur la même rangée que moi sont des hommes d'une cinquantaine d'années, l'un d'eux travaille une grande partie de la nuit sur son ordinateur, l'autre regarde le même film de superhéros que Piotr à l'aller avant de vite s'endormir.

J'ai l'impression d'avoir fait le voyage vers New York il y a dix ans, c'était pourtant avant-hier.

Je me refuse de penser à mes vacances gâchées, à toutes mes économies grillées pour un tel fiasco, je suis en colère, je me sens victime d'une terrible injustice. Pour la première fois, ma colère n'est plus dirigée seulement contre la violence de Piotr, mais aussi contre l'hypocrisie de Vanessa. Je n'ai rien à me reprocher, je pense, et, épuisée, je m'endors sur cette idée.

Quand l'avion se pose sur la piste et qu'il est possible de rallumer son téléphone, j'ai un SMS de maman qui m'informe qu'elle m'attend à Roissy. Elle a roulé quatre heures pour venir me chercher. À nouveau, les larmes s'accumulent à la lisière de mes paupières, je les contiens puis je me dis à quoi bon. Je pleure. S'il y a une chose sur laquelle je peux compter, c'est bien l'indifférence. Mes voisins sont tellement heureux d'être arrivés que – dans la confusion nerveuse du débarquement – aucun d'eux ne remarque une jeune fille en pleurs à leurs côtés.

Il me faut une bonne demi-heure pour passer les contrôles ; je présente mon passeport à un policier suspicieux qui me demande ma date de naissance et mon adresse, afin de vérifier que la fille sur la photo et moi sommes bel et bien la même personne. J'erre un quart d'heure dans les couloirs de l'aéroport pour trouver la salle où ma valise tourne en rond sur un tapis roulant, j'ai à nouveau les yeux rouges et une immense boule d'angoisse glacée coincée dans la gorge lorsque je franchis la toute dernière porte vitrée pour me retrouver dans le hall. Là, dans la confusion et le bruit, parmi la foule des voyageurs pressés, ma mère m'attend.

Oh, une seconde je réentends les reproches de Vanessa, et la petite fille qui vit encore en moi a peur de se faire gronder. Puis ma mère ouvre grand les bras, je me blottis tout contre elle, et plus rien d'autre n'existe.

Une fille et une mère enlacées, un point fixe dans le hall d'un aéroport. Les autres voyageurs ne nous remarquent qu'au dernier moment et sont obligés de nous contourner avec leurs valises à roulettes.

Je respire l'odeur de maman dans son cou, je suis rentrée à la maison.

Avant de reprendre la route, maman nous offre un bon petit déjeuner dans l'un des innombrables bars de l'aéroport. J'ai déjà mangé dans l'avion et pourtant je suis affamée.

Nous parlons peu, elle comme moi savons que les mots viendront plus tard.

Maman fait craquer ses doigts, elle se lève, étire son dos, expire lentement et me demande si je suis en forme. Nous avons de la route à faire.

Lorsqu'elle paie le stationnement, je m'excuse pour tout ce dérangement, pour le prix du parking, pour l'essence, pour l'autoroute, pour la fatigue. Maman me sourit et, sans répondre, elle glisse une main sur ma joue. Je lui promets de lui rembourser les frais dès que possible, et elle éclate de rire en me disant que je vais être de corvée de vaisselle et d'aspirateur pendant au moins trois mois. Ses paroles me replongent dans un quotidien qui me fait du bien.

Nous rentrons en écoutant Radio Nostalgie et en chantant parfois Joe Dassin ou Dalida, comme quand j'étais toute petite.

Les jours qui ont suivi mon retour ont été étranges. Après avoir hésité et beaucoup discuté avec maman, j'ai décidé d'aller porter plainte contre Piotr. J'aimerais pouvoir dire que l'accueil au commissariat a été hospitalier et compréhensif, mais malheureusement cela n'a pas été le cas. Maman m'a accompagnée, nous avons expliqué les raisons de notre venue, nous avons attendu un long moment, puis nous avons été reçues par une inspectrice qui m'a longtemps fait parler avant de m'expliquer que porter plainte pour agression sexuelle n'est pas une chose qu'on fait à la légère. Elle m'a demandé si j'étais bien sûre de vouloir déposer ma plainte. Elle a aussi cherché à savoir si je n'avais pas aguiché Piotr. C'est le mot qu'elle a employé. Et, comme je ne cédais pas, elle s'en est prise à maman, lui reprochant de laisser sa fille partir seule avec un garçon à l'autre bout du monde.

Je préfère passer les détails, j'avais espéré qu'être reçue par une policière serait de bon augure. Je ne sais pas ce que je croyais. Qu'une femme aurait plus de compassion envers une autre femme ? Vanessa m'avait déjà prouvé qu'il n'en était rien.

Nous n'avons pas reculé malgré les multiples avertissements de l'inspectrice. La plainte a été enregistrée. La policière devait avoir à peine une trentaine d'années ; quand nous sommes sorties de son bureau, elle nous a informées que l'enquête allait maintenant débuter. Elle a aussi ajouté qu'en cas de plainte abusive la famille de Piotr pouvait saisir la justice pour dénonciation calomnieuse et que je risquais jusqu'à 45 000 euros d'amende.

C'était un coup bas de sa part, comme si elle se vengeait de quelque chose qui m'échappait. Je croyais que la police défendait les victimes, j'ai découvert qu'il fallait une sacrée conviction aux victimes pour aller jusqu'au bout de la procédure sans se laisser intimider.

Je sais qu'une infime partie des femmes subissant des violences déposent plainte et qu'une infime quantité de plaintes entraînent des condamnations. Les statistiques sont affligeantes, mais je n'avais pas reculé. Mon récit était dorénavant consigné dans un rapport de police. Cette victoire-là, je l'ai remportée avec l'aide de maman.

Le jour de la rentrée des classes, la chaise de Piotr est restée vide. J'ai longtemps hésité à aller en cours. Le matin, maman part travailler de très bonne heure, elle assure l'accueil périscolaire, elle s'occupe des enfants dont les parents embauchent très tôt, certains ont à peine trois ans, ils arrivent les yeux gonflés de sommeil, elle trouve toujours la force de leur sourire et de leur proposer des jeux. Avec elle, la journée commence dans la joie. À 8 heures, elle s'est fait remplacer pour m'accompagner. Elle avait pris rendez-vous avec la proviseure du lycée. Je ne sais pas comment j'aurais réagi si je m'étais trouvée face à face avec Piotr. J'ai loupé le premier cours, nous avons expliqué la situation, et la proviseure nous a informées que Piotr avait quitté l'établissement. Sa mère l'avait scolarisé dans une école privée aux États-Unis.

C'est la toute dernière gifle que j'ai reçue.

Je savais confusément que l'argent permettait parfois d'échapper à la justice, j'en avais maintenant un exemple évident sous les yeux.

Aux amis qui s'étonnaient de ne pas voir Piotr et qui me demandaient comment s'étaient déroulées mes vacances à New York, j'ai répondu que j'avais dû rentrer en urgence, sans expliquer pourquoi. Mon histoire, je ne voulais pas en parler. Il n'y a qu'à Sabriya que j'ai pu tout raconter.

La jeune femme rencontrée au mémorial du World Trade Center se prénomme Chiara, son fils s'appelle John, comme le grand-père qu'il n'a jamais connu. Chiara m'a remerciée pour la photo que je lui ai fait parvenir, elle m'a demandé de la lui renvoyer en haute définition pour la tirer sur papier, l'encadrer et la mettre chez elle, elle m'a proposé un paiement et j'ai refusé.

Ça me fait drôle de penser qu'à Athens, Géorgie, dans une ville et un État que je ne connais pas, des gens vivent avec, accrochée à un mur, l'une de mes photos.

J'ai aussi écrit à Mandy, comme promis, pour lui faire parvenir son portrait, elle a mis plusieurs jours à me répondre. Son mail faisait l'équivalent d'une lettre de trois pages. Cette fois-ci, dans le confort de ma chambre, j'avais un dictionnaire pour traduire les moindres nuances de ce qu'elle me racontait. Mandy s'en voulait un peu de ne pas avoir été plus généreuse avec moi ; sans que je lui écrive quoi que ce soit au sujet de Vanessa, elle m'a dit que celle-ci lui avait fait très mauvaise impression. Elle m'a raconté qu'elle a un fils de trente-cinq ans, qu'elle avait vécu quasiment trente ans avec le plus gentil des hommes. Le père de ses enfants était mort d'un cancer. J'ai été navrée de l'apprendre. Dans son long message, Mandy m'informait qu'elle allait quitter la côte Est pour rejoindre la Californie, où le climat serait plus agréable pour ses vieux os. Elle me souhaitait de trouver un jour le bonheur. Et elle me remerciait pour la splendide photo que j'avais prise d'elle. Bien qu'elle représentât une vieille femme moche, la photo était si belle qu'elle m'autorisait à la publier sur les réseaux sociaux. D'avoir croisé ma route quelques heures lui avait donné le courage de parler avec ses enfants, ils savaient dorénavant comment elle vivait.

En pièce jointe, Mandy m'a envoyé l'intégralité du poème *The New Colossus*, d'Emma Lazarus. Je l'ai imprimé et affiché dans ma chambre.

Un matin, un message sur Instagram m'informe qu'un magazine est intéressé par mes photos prises à New York, un numéro de téléphone suit. La personne que j'appelle se prénomme Sabine, elle est iconographe, c'est elle qui farfouille dans des banques d'images pour trouver des illustrations susceptibles d'accompagner les articles publiés. Elle me félicite pour la qualité de mon travail, me pose quelques questions techniques afin de savoir si je dispose d'originaux avec une définition suffisante pour envisager une publication. Elle a sélectionné trois images : le junkie urinant contre une vitrine, Chiara avec John dans ses bras à Ground Zero et le portrait de la femme, râteau à la main, dans le petit jardin collectif. Comme je n'ai aucune idée de la valeur de mon travail, c'est elle qui me fait une proposition. La somme qu'elle m'offre couvre plus de la moitié du prix de mon billet d'avion.

Ce n'est qu'un début, me promet-elle, elle a feuilleté mes publications, elle reviendra sans doute vers moi plus tard pour d'autres propositions. Il me faudra aussi une autorisation parentale ; elle est étonnée que je sois si jeune. J'ai l'œil, selon elle.

Quand je lui réponds que j'irai acheter le magazine dès sa parution, elle éclate de rire en me disant qu'elle m'en postera quatre ou cinq numéros.

Lorsque je raccroche, je pense que quelqu'un est en train de se moquer de moi. Le courriel que je reçois à peine quelques minutes plus tard avec le contrat de publication à renvoyer signé se charge de me convaincre du contraire.

Ce soir-là, quand j'annonce la nouvelle à maman, on allume la radio et on danse sur la première chanson mièvre qui passe. Cela fait longtemps que je ne l'avais pas vue rire, elle est si belle que je cesse un moment de danser pour faire ce qu'apparemment je fais très bien : la photographier.

Certains jours, la colère vibre encore en moi. Le fait que Piotr ait changé de vie et de pays m'apparaît comme une profonde injustice.

D'autres jours, je me dis qu'il a tout perdu : sa vie ici, ses amis, son pays. Si Vanessa l'a déscolarisé en urgence, c'est qu'elle a bien compris qu'il avait franchi la ligne rouge. J'imagine Piotr dans son école très chic et très chère, le Frenchie ne connaissant personne. Je sais que je n'obtiendrai jamais réparation pour la manière dont il m'a traitée, mais j'espère de tout cœur que ça lui donnera à réfléchir. J'imagine Piotr dans dix ans, tombant amoureux, dans vingt ans avec sa famille, dans trente ans alors que ses enfants auront l'âge que nous avions à New York, j'espère qu'il aura appris le respect, j'espère – s'il a un jour une fille – qu'il prendra peur pour elle, et – s'il a un garçon – qu'il lui enseignera ce que signifie traiter autrui avec égards. Je suis peut-être naïve, je pense que les gens réfléchissent à leurs erreurs et qu'ils s'améliorent.

La nuit, j'ai cessé de rêver à New York et à la violence, je dors, tout simplement.

J'ai repris les cours depuis un mois maintenant, je viens de coucher les enfants que je garde un à deux soirs par semaine, je n'entends aucun bruit en provenance des chambres. Leurs parents travaillent tous les deux à l'hôpital, il me reste une heure avant leur retour; j'ouvre le sac que j'ai apporté, mes devoirs sont faits, j'avais deux heures de permanence cet après-midi, je me suis avancée. Je prends le livre que je n'ai plus rouvert depuis mon voyage et tombe sur le tout dernier poème d'*Ultramarine*. Les derniers mots du dernier poème, ils sont soulignés d'un coup de crayon de bois. Mandy m'adresse un message à travers des mots de Carver. *It's the tenderness I care about. That's the gift this morning tant moves and holds me. Same as every morning. C'est la tendresse qui m'importe. C'est le cadeau ce matin qui m'émeut et m'enlace. Comme tous les matins.*

Je fais une photo de la page avec mon téléphone et je la poste à David. Petit à petit, ces dernières semaines, nous avons repris contact, je ne sais même plus si c'est lui ou moi, j'ai l'impression que c'est venu naturellement. Sa réponse arrive dans la minute qui suit, il a écrit un mot qui me fait sourire et me donne chaud.

Un mot magnifique, que je garde pour moi seule.

Notes et remerciements

Le titre de ce livre est une citation extraite de *Confiscation des mots, des images et du temps*, de l'autrice et philosophe Marie-José Mondzain. La phrase exacte est la suivante : «*Tenir debout dans la nuit, c'est imaginer une autre lumière, la lumière qui permet de créer les nouvelles conditions de la joie et du partage.*»

En français, *Ultramarine*, le livre qui accompagne Lalie dans son voyage, se nomme *La vitesse foudroyante du passé*. Il existe deux traductions et deux éditions de ce texte : soit à l'intérieur d'une édition de l'œuvre poétique complète de Raymond Carver nommée sobrement *Poésie*, soit en un petit volume distinct ne comprenant que ce recueil.

Si l'histoire des retraités qui vivent dans des camping-cars et des vans faute d'avoir les moyens de payer un loyer vous intéresse, je ne peux que vous recommander la lecture du bouleversant documentaire écrit par la journaliste Jessica Bruder et publié sous le titre *Nomadland*.

À mes filles, qui, je l'espère, ne seront jamais des proies.
À mon fils, qui, je l'espère, ne sera jamais un prédateur.
Et inversement.

«Eh, vous entendez ce que l'on vous dit? Non, ça veut dire non.»

Du même auteur à *l'école des loisirs*

Collection MÉDIUM

Plus haut que les oiseaux
Et les lumières dansaient dans le ciel
La plus grande peur de ma vie

Collection MÉDIUM+

Aussi loin que possible
Les étrangers
L'homme qui voulait rentrer chez lui
Dans la forêt de Hokkaido
(également disponible en livre lu)

Collection THÉÂTRE

Cache-cache
Pebbleboy